여우누이, 다경

목차

- 큰아들, 민규   7
- 둘째, 선규   45
- 엄마, 세라   77
- 아빠, 정환   103
- 누이, 다경   129
- 민규   145
- 선규   159
- 세라   173
- 정환   187
- 다경   197
- 세라   209
- 정환   225
- 다경   237

큰아들, 민규

†

기척도 없이 문이 열렸다.

머리를 감고 방으로 돌아와 수건으로 물기를 털던 민규는 방 안으로 들어서는 인기척에 짜증부터 났다. 이럴 때가 가장 싫다. 예상하지 못한 순간에 허락도 없이 함부로 나의 영역을 침범당하는 것. 도대체 몇 번이나 얘기했는데… 민규는 버럭 소리부터 질렀다.

"아, 뭐야!"

보지 않아도 안다. 엄마다.

아빠는 몇 년간 이 방에 들어온 적이 없고, 동생 선규는 밖에서 "형" 하고 노크를 한 뒤에도 들어오라는 답을 듣고 난 뒤에야 문을 연다. 이 집에서 이렇게 무지막지하게 남의 사생활 따위 안중에 없는 사람은 엄마밖에 없다. 힐끗 쳐다보니 역시나 엄마였다.

'이젠 나도 다 컸다고요, 사생활을 좀 지켜 달라고.'
민규는 서둘러 침대 위에 벗어 둔 티셔츠를 챙겨 입으며 엄마에게 투덜거렸다.

"아, 진짜 노크 좀 하라고!"

엄마는 아랑곳하지 않고 민규의 등짝을 때렸다.

"머리는 욕실에서 좀 닦고 나오지, 이게 뭐니? 사방에 물 튀고, 머리카락에."

도대체 뭐 때문에 2층에 올라와서까지 잔소리인 걸까? 민규는 엄마에게 반항이라도 하듯 거칠게 머리를 털었다. 하지만 엄마는 물러설 생각이 없는 듯했다.

"나갈 준비해. 옷은… 이걸로 입고."

늘 그렇듯 내 말은 흘려듣고 자기 할 말만 한다. 게다가 입을 옷까지 참견이라니, 정말 너무하시네. 옷장을 열어 셔츠를 꺼내 주는 엄마를 보며 목소리가 절로 커졌다.

"아, 왜? 나도 약속 있단 말이야."

"취소해. 지금 아빠랑 같이 어디 좀 갈 거야."

"그냥 두 분이 가시라고요. 나도 스케줄 있다니까."

"무슨 스케줄?"

모의고사도 끝나고 모처럼 한숨 돌리자며 몇 명이 모이기로 했다. 그래 봐야 대단한 일탈을 하는 것도 아니다. 기껏 해야 한강공원에 나가 자전거 좀 타고, 라면이나 사 먹고, 강 너머로 소리 몇 번 지르고 오는 게 전부다. 입시의 압박 속에 시들어 가는 우리가 할 수 있는 건 고작 그런 것뿐이다. 그래도 강바람 한번 쐬고 오면 답답하던 속이 조금은 트였다.

"애들이랑 한강 가기로 했단 말이야."

"그건 다른 날 해도 되잖아."

"다른 날 언제? 내가 노는 날이 있기나 해요?"

"어쨌든 준비해."

"도대체 어딜 가는데 그래요? 선규 데려가."

"말대답 그만해. 선규 강릉 갔잖아."

할 말이 없다. 손주들 보고 싶다고 한번 내려오라는 소리에 민규는 시험을 핑계 삼아 할아버지의 부탁을 거절했다. 모처럼 일요일을 친구들과 보내려고 완벽하게 계획을 짜 놨건만, 이렇게 날릴 수는 없다. 민규는 어떻게 빠져나갈까 궁리를 하다 문득 엄마의 목소리가 평소와 달리 무겁다는 것을 깨달았다. 민규는 그제야 시선을 돌려 엄마의 얼굴을 쳐다보았다. 표정이 심상치 않다. 뭔가 일이 있구나.

"어디 가는데요?"

"내려와, 아빠가 얘기해 줄 거야."

굳은 표정으로 방을 나서는 엄마의 뒷모습을 보니 의아한 생각이 들었다. 민규는 침대 위에 놓아둔 옷을 본 뒤 비로소 그 이유를 알 것 같았다.

흰 셔츠에 검은 넥타이. 이건 몇 년 전 고모할머니가 돌아가셨을 때 입었던 복장이다. 누군가 죽었다는 얘기다. 외할머니가 요양병원에 계시긴 하지만 위독하다는 소식은 못 들었는데… 더구나 외할머니 일이라면 엄마가 설명을 해 줬을 것이다. 근데 아빠가 얘기할 거라고? 친가에서 이런 소식을 전할 분이라면 강릉 할아버지밖에 없으니 무슨 일이 일어났다면 선규가 먼저 연락했을 것이다. 대체 누가 죽었길래 자신까지 장례식장에 가야 하는 걸까.

민규는 옷을 갈아입으며 오늘 만나기로 한 친구에게 전화를 걸어 집안에 일이 생겼다고 상황을 설명하고 끊었다. 학교와 집을 오가는 단순한 인생도 계획대로 되는 게 없다니까.

아래층으로 내려오니 이미 아빠가 현관문을 나서고 있었다. 안방에서 나오던 엄마가 민규의 등을 떠밀었다. 민규는 잰걸음으로 마당에 나와 대문을 나서는 아빠에게 다가섰다.

"아빠, 어디 가는 거예요? 누구 장례식 가요?"

민규를 돌아보는 아빠의 표정은 여러 감정을 담고 있었다. 충격과 당혹스러움? 어딘가 정신을 놓은 것처럼 멍해 보이기도 했다. 한 번도 본 적 없는 얼굴이었다.

"…어디? 어디더라?"

아빠는 주머니를 뒤지며 뭔가를 찾는 것 같았다. 뒤따라 나오던 엄마가 아빠에게 핸드폰을 건네주었다. 아빠는 그제야 안심한 듯 핸드폰을 건네받고 자동차에 올라탔다. 대답을 기다리던 민규는 황당한 얼굴로 아빠를 쳐다보았다.

민규는 자동차를 타려는 엄마를 불러 세웠다.

"엄마, 아빠 괜찮아요?"

엄마는 슬쩍 아빠 쪽을 쳐다보다가 민규에게 다가와 속삭였다.

"너무 놀라지 마. 경호 삼촌이…"

엄마의 목소리가 떨렸다. 경호 삼촌? 갑자기 경호 삼촌 이야기는 왜 꺼내시는 거지? 민규는 평소 같지 않은 부모님의 모습에 조금씩 불안해지기 시작했다.

"경호 삼촌이 왜요?"

"…돌아가셨어."

돌아가셨…? 잠깐 지금 경호 삼촌이 죽었다는 얘길 하는 거야? 삼촌의 얼굴을 떠올린 민규는 충격으로 말을 잊지 못했다. 입만 벌린 채 멍하니 있다가 엄마와 시선이 마주쳤다. 아빠가 왜 그렇게 넋이 나갔는지 이제야 알 것 같았다. 정신이 번쩍 들었다.

"경호 삼촌이요? 정말 삼촌이 돌아가셨다고요?"

"그래, 자세한 건 모르지만 사고를 당한 모양이야."

"말도 안 돼."

도저히 믿기지 않는 와중에 경호 삼촌의 얼굴보다 다른 얼굴이 먼저 민규의 눈앞에 아른거렸다. 다경이, 다경인 지금 얼마나 놀랐을까?

"얼른 타."

엄마가 어깨를 두드리자 겨우 정신이 돌아온 민규가 자동차 뒷좌석에 올라탔다.

어디선가 책에서 본 문장이 생각났다. 너무 큰 충격을 받으면 머릿속이 하얘진다고 했던가. 그 말이 무슨 뜻인지 이제야 이해했다. 민규는 잠시 멍한 상태로 있다가 겨우 정신을 차리고 지금의 상황을 이해해 보려 했다. 하지만 아무 생각도 나지 않았다. 충격으로 정지된 뇌는 얼마간 시간이 지난 뒤에야 움직이기 시작했다.

'도대체 왜? 왜 하필 경호 삼촌에게.' 이 물음만이 머릿속을 맴돌았다. 믿기지 않는 게 아니라 이건 말이 안 된다는 생각이 들었다.

민규에게 죽음은 고모할머니처럼 나이 많은 사람들에게나 일어나는 일이다. 경호 삼촌은 아빠 친구다. 한 번도 아빠 정도의 나이에 누가 죽는다는 건 생각해 보지 않았다. 물론 죽음이 나이를 가리지 않는다는 것쯤은 안다. 어린아이도 죽을 수 있고, 자기 또래도 사고를 당할 수 있다. 하지만 지금까지 민규는 자신과 가까운 사람 중 누군가가 이렇게 젊은 나이에 죽는 것을 본 적이 없다.

사고라고 했던가, 교통사고인가? 머리가 조금 돌아가기 시작하자 여러 가지 생각들이 떠올랐다. 따지고 보면 사고라는 건 누구에게나 일어날 수 있는 일이니 경호 삼촌에게 일어나지 말라는 법도 없다. 하지만 너무 갑작스러운 소식이라 받아들이기가 어려웠다. 자신도 이렇게 충격이 큰데 아빠는 어떨까 싶었다.

민규는 운전석에 앉은 아빠의 옆얼굴을 힐끗 쳐다

보았다. 아빠는 여전히 충격이 가시지 않았는지 그저 멍하니 앉아 있었다.

"당신 힘들면 내가 운전할까?"

잠시 기다리던 엄마가 말을 건네자 아빠는 비로소 정신을 차린 듯 고개를 흔들더니 자동차의 시동 버튼을 눌렀다. 걱정했던 것보다는 이내 운전에 집중하는 듯 보였다. 민규는 그제야 시선을 돌려 창밖을 바라보았다. 복잡한 머릿속과 달리 창밖에는 평소와 다름없는 풍경이 펼쳐지고 있었다.

경호 삼촌은 아빠의 절친이다. 그냥 친한 게 아니라 가족들끼리 매년 여름휴가도 함께 갈 정도로 가깝게 지냈다. 가족 휴가니 당연히 아이들도 함께 어울렸다. 민규가 초등학교에 들어간 뒤부터 두 가족은 여름마다 며칠, 길게는 일주일이나 열흘 정도의 휴가를 함께 보냈다. 10년 넘게 이어지는 두 집안의 연례행사였다.

민규는 고등학생이 되면서부터 입시 때문에 이 행

사에서 빠졌다. 그러니 경호 삼촌을 마지막으로 본 건 2년 전 여름이다. 발리였던가?

발리에서의 일을 떠올리자 경호 삼촌보다 다경의 얼굴이 먼저 생각났다. 사실 막상 놀러 가면 어른은 어른들끼리, 아이는 아이들끼리 노느라 어른들과는 딱히 떠오르는 추억도 없다. 다경의 얼굴과 함께 잊고 지내던 장면들이 하나둘 떠오르기 시작했다. 발리의 달큰한 꽃내음과 청명했던 하늘이 머릿속에 펼쳐졌다.

발리의 숙소는 두 가족이 머물고도 남을 정도로 넓은 곳이었다. 두 채의 건물이 딸린 단독 빌라에는 중앙에 건물 사이를 잇는 널찍한 거실이, 그 앞 정원에는 커다란 수영장이 있었다. 수영장을 둘러싼 나무에서는 너무 익은 과일 향인지 꽃 냄새인지 모를 달큰한 향이 감돌았다. 바다가 가까워 낮에는 바다로 수영을 나갔지만 해가 질 무렵에는 집으로 돌아와 수영장에서 놀았다. 발리에선 정말 지치지도 않고 하루 종일 물놀이를 했다.

여행에서 돌아오기 전날, 어른들은 술을 마시러 나가고 빌라에는 아이들만 남아 있었다. 선규가 할리갈리를 가져와 다경과 셋이 수영장 옆 탁자에 둘러앉았다.

다경은 경호 삼촌의 딸이다. 동생 선규와 같은 나이로, 어릴 때부터 어울려 형제나 다름없었다. 일 년마다 한 번씩 만나니 첫날은 어색하지만 몇 시간만 지나면 스스럼없이 장난을 치곤 했다. 나이를 먹으면서 장난의 유형이 달라졌지만 그래도 여전히 민규에게 다경은 동생일 뿐이었다. 그날 밤 전까지는.

한 시간 정도 카드 게임을 하던 선규가 먼저 자겠다며 들어가고 민규와 다경 둘만 남았었다.

민규는 카드를 만지작거리며 다경에게 계속 게임을 할 거냐고 물었다. 여행 마지막 날인데 벌써 자고 싶은 건 아니었지만 그렇다고 게임을 계속하고 싶지도 않았다. 셋이 하던 걸 둘이 하게 되면 재미가 없을 것 같았다. 하지만 다경은 계속 게임을 하겠다고 고집을 부렸다.

그때부터 다경이 조금 이상했다. 바닥에 깔리는 카

드는 보지 않고 민규의 얼굴을 빤히 바라보며 게임을 이어 갔다. 과일의 개수가 다섯 개가 되어 민규가 벨을 누르면 다경이 민규의 손을 잡아끌어 손등을 살짝 내려쳤다.

"내가 때려야 하는 거 아니야?"

"그게 뭐가 중요해?"

민규의 손등을 때린 다경이 천천히 손을 뺐다. 손가락이 민규의 손등을 스치며 흘러내렸다. 조금 전까지 아무렇지 않던 다경의 손가락이 전기처럼 민규의 살갗을 자극하고 있었다. 다경은 손에 든 카드를 내려놓고 알 수 없는 시선으로 빤히 민규를 쳐다보았다. 민규는 멍하니 다경의 손짓과 눈빛에 갇힌 채 숨을 죽였다. 갑자기 얼굴이 확 달아올랐다. 무언가가 벌어지고 있었다. 민규는 숨도 크게 쉬지 못하고 다경이 하는 동작을 쳐다보기만 했다.

다경은 민규의 얼굴을 빤히 쳐다보다 풋 하고 웃음을 터뜨렸다. 테이블에 놓인 카드를 한쪽으로 밀어내고 다경이 민규 앞으로 가까이 다가왔다.

"나 오빠한테 할 얘기 있어."

심장이 두근거리며 빠르게 뛰기 시작했다. 숨결이 느껴질 정도로 다경의 얼굴이 조금씩 가까워졌다. 민규는 점점 빨라지는 심장소리를 들으며 코앞까지 다가온 다경의 입술을 바라보았다. 수영장을 비추는 조명등 불빛에 다경의 얼굴이 흔들렸다. 민규는 자기도 모르게 꼴깍 침을 삼켰다.

"조심해요!"

엄마의 다급한 목소리가 들렸다. 동시에 덜컹 하며 자동차가 멈춰 섰다. 앞좌석으로 몸이 쏠린 민규는 비로소 다경의 생각에서 벗어날 수 있었다. 정신을 차리고 정면을 보니 미처 신호등을 확인하지 못한 아빠의 자동차가 사거리 앞 횡단보도에 걸쳐 있었다. 그 앞을 지나는 사람들이 아빠를 쳐다보며 뭐라고 한마디씩 쏘아붙였다. 엄마도 안전벨트를 부여잡고 아빠를 쳐다보았지만, 별말은 하지 않았다. 평소라면 10분쯤 잔소리가 이어졌을 상황이다.

신호가 바뀌고 다시 자동차가 출발하자 민규는 고개를 돌려 다시 창밖으로 시선을 옮겼다.

애써 잊고 지내던 일이 왜 하필 지금 생각난 걸까? 삼촌이 돌아가셔서 장례식장에 가고 있는 마당에 다경과의 일을 떠올리다니, 민규는 고개를 저으며 머릿속 생각을 털어 내려 했다.

십여 분을 더 달린 뒤에야 자동차는 병원 입구로 들어섰다. 스치듯 창밖으로 장례식장 푯말이 지나갔다. 그제서야 아, 진짜구나. 정말 삼촌이 돌아가신 게 맞구나, 실감 나기 시작했다.

아빠는 장례식장 주차장으로 들어가 빈자리를 찾은 뒤 차를 세웠다. 운전하고 오는 내내 말이 없던 아빠는 시동을 끈 뒤에도 내릴 맘이 없는 사람처럼 자리를 지키고 있었다. 조수석에서 기다리던 엄마가 아빠의 팔에 손을 얹고 말했다.

"들어가요. 가서 인사해야지."

그제야 아빠가 천천히 안전벨트를 풀고 운전석에서 내렸다. 아빠가 내리는 것을 본 뒤에야 민규도 차에서 내렸다. 민규도 아빠만큼이나 차에서 내리고 싶지 않았다. 모든 게 꿈이었으면 좋겠다는 생각이 들었다.

주차장 맞은편에 커다랗게 자리 잡은 장례식장. 건물로 걸어가는 동안 5월의 따뜻한 햇살이 머리와 등으로 쏟아졌다. 이내 머리가 뜨끈해졌지만 시원한 바람이 불어와 덥지는 않았다. 이런 날은 한강에서 자전거를 타고 노는 게 딱인데. 지금쯤 친구들은 강바람을 맞으며 자전거를 타고 놀면서 그동안 쌓인 스트레스를 풀고 있겠지.

민규는 자신도 거기 있었으면 좋겠다는 생각이 들었다. 이런 상황은 마주하고 싶지 않다. 어떻게 행동해야 할지도 모르겠고 무슨 말을 해야 할지도 떠오르지 않는다. 누군가의 죽음을 마주하는 일은 아직 힘들고 어렵기만 하다. 무엇보다 다경과 이런 식으로 다시 만나게 될 거라고는 생각하지 못했다.

느려진 걸음 탓에 아빠와 꽤 거리가 떨어졌다. 엄마가 뒤를 돌아보며 어서 오라는 손짓을 했다. 민규는 더 늦장을 부릴 수가 없어 잰걸음으로 엄마에게 다가갔다.

건물 안으로 들어서자 낯선 향과 함께 설명하기 어려운 서늘함이 밀려들었다. 실내의 공기는 엄숙하고 무겁게 느껴졌다. 고모할머니 때도 느꼈지만 장례식장은 왠지 모르게 숨을 쉬는 것조차도 조심스러웠다. 민규는 긴장한 얼굴로 주위를 둘러보았다.

길게 뻗은 복도 한편에 새하얀 국화꽃을 꽂은 화환이 나란히 늘어서 있었다. 앞장서 걷던 아빠와 엄마가 어느 입구에서 걸음을 멈추었다. 민규도 걸음을 멈추고 엄마의 시선을 따라 고개를 돌렸다.

고인	이경호 님 (48세) 정소은 님 (45세)		
	상주 딸 이다경		
입관	미정	발인	미정
장지	경기도 양평 선영		

특실이라고 적힌 입구 모니터에 환하게 웃고 있는 경호 삼촌과 숙모의 사진이 보였다.

경호 삼촌이 아빠와 동갑이라는 건 알고 있었다. 숙모가 엄마보다 한 살 어리다는 건 지금 처음 알았다. 엄마에게 늘 언니 언니 하면서 깍듯하게 대해서 나이 차이가 조금은 더 나는 줄 알았다.

가만, 경호 삼촌만 돌아가신 게 아니라 숙모까지 돌아가셨다고? 민규는 아까보다 더한 충격으로 머릿속이 어지러웠다. 부모님은 이미 이런 상황을 알고 있는 듯 어두운 얼굴로 잠시 고인들의 사진을 쳐다보다 장례식장 안으로 들어갔다. 뒤를 따라 들어가는 민규의 다리가 휘청거렸다.

빈소로 들어선 민규는 자신도 모르게 주위를 두리번거리며 다경을 찾았다. 여기서 아는 사람이라곤 다경밖에 없다. 오가는 사람들 사이로 분향실 안에 있는 다경의 모습이 보였다.

벽에 기대앉아 물끄러미 부모님의 영정 사진을 보고 있는 다경은 속이 빠진 헝겊 인형처럼 생기라곤 없어 보였다. 인기척에도 아무 소리가 들리지 않는 듯 다경은 뚫어지게 부모님의 사진만 쳐다보고 있었다. 검은 옷을 입은 다경은 너무 낯설었다. 창백한 얼굴은 한바탕 슬픔이 지나간 듯 젖어 있었다. 민규는 전혀 예상치 못한 다경의 모습에 가슴이 아렸다.

민규의 기억 속 다경은 늘 화려한 원색의 꽃무늬 원피스나 곰돌이가 그려진 파란 티셔츠에 반바지, 딸기 무늬가 새겨진 블라우스에 초록색 치마 같은 다채로운 색깔의 옷을 입고 있었다. 배경마저 항상 강렬하게 내리쬐는 태양과 푸른 바다였다.

상복을 입고 있는 다경을 보는 건 민규로서는 상상 밖의 일이었다. 더구나 생기라고는 없는, 툭 건드리면 그대로 부서질 것 같은 모습이라니. 민규는 어찌할 바를 모른 채 머뭇거렸다. 엄마의 손짓이 없었다면 입구에서 그저 어정쩡하게 서 있었을 것이다.

민규는 엄마의 손길에 이끌려 얼른 부모님 곁에 다가섰다.

누군가 다경에게 다가가 새로 조문객이 온 것을 알

리자 정신을 차린 다경이 자리에서 일어났다. 넋이 나간 것처럼 보이던 다경은 조문객의 얼굴을 확인하더니 그제야 눈에 생기가 돌았다. 다경과 눈이 마주친 민규는 고개를 끄덕여 알은척한 뒤 얼른 부모님을 따라 향을 올렸다.

아빠는 향을 올리고 엄마는 국화꽃을 영정 사진 아래 내려놓았다. 부모님이 절을 하자 민규도 눈치껏 동작을 맞추었다. 절을 마친 아빠와 엄마가 상주인 다경과 맞절을 했다. 민규도 옆에서 함께 맞절을 따라 하며 다경의 얼굴을 쳐다보았다. 입술이 파르르 떨리는 게 보였다.

조문을 마치고 자리에서 일어나려던 아빠가 휘청거리더니 그 자리에 주저앉았다. 참았던 울음을 토해내듯 소리 내어 울기 시작했다. 옆에 있던 엄마도 손수건으로 눈가를 찍어 냈다.

영정 사진 쪽으로 시선을 돌린 아빠는 삼촌이 앞에 있는 것처럼 소리를 질렀다.

"경호야, 이 자식아 어떻게 이렇게 가. 어떻게… 다

경이 혼자 두고…"

아빠가 경호 삼촌의 이름을 부르자 다경이 고개를 숙이고 입술을 깨물었다. 간신히 울음을 참고 있는 것 같았는데, 괜히 아빠가 다경의 감정을 건드린 게 아닌가 싶었다. 엄마가 얼른 아빠의 팔을 잡으며 등을 토닥였다. 둘도 없는 친구의 죽음 앞에 무너진 아빠를 보자 민규도 눈시울이 붉어졌.

일 년에 한 번 보는 사이였지만 민규는 경호 삼촌과 말이 잘 통했다.

경호 삼촌은 차분하고 다정한 사람이었다. 성격이 급하고 욱하는 아빠와 이야기하는 것보다 조곤조곤하게 말하는 삼촌과의 대화가 더 마음이 편했다. 가끔은 아빠에게 하지 못한 말을 삼촌에게 할 때도 있었다. 어쩌면 적당한 거리가 대화를 더 편하게 만들었는지도 모른다.

"여보, 그만해요. 다경이 힘들게 하지 말아요. 다른 손님들도 조문해야 하잖아요."

그 소리에 겨우 아빠가 비틀거리며 자리에서 물러

났다. 아빠는 다경의 곁으로 다가가 손을 잡으며 울음기가 남아 있는 목소리로 말했다.

"걱정하지 마. 아저씨가 도와 줄게."

아빠는 다경의 어깨를 안아 주며 머리를 쓰다듬었다. 엄마도 옆에서 다경의 등을 토닥이며 위로를 건넸다. 다경은 기운이 빠진 듯 창백한 얼굴로 엄마와 아빠에게 몸을 맡긴 채 서 있었다. 더 있다간 쓰러질 것처럼 보였다.

다경의 친척으로 보이는 아주머니가 다가와 아빠와 엄마를 밖으로 안내했다. 아빠는 그제야 다경을 놓아주고 다시 한번 영정 사진을 돌아보고는 빈소를 빠져나왔다. 엄마는 다경에게 묵례를 하고 아빠의 한쪽 팔을 부축하며 빈소를 나왔다.

다경은 친척 아주머니의 손에 이끌려 유족들이 쉬는 방으로 들어갔다. 분향실을 나오는데 누군가가 다경의 모습을 보며 중얼거렸다.

"넋이 나갔네. 왜 아니겠어. 하루아침에 고아가 됐으니… 불쌍해서 어떡하니?"

단 세 식구였다. 부모님이 두 분 다 돌아가셨으니 이제 다경은 혼자다. 고아라는 말이 새삼 민규의 가슴에 박혔다.

조문객들이 식사를 하는 공간으로 자리를 옮기자 한 테이블에 모여 있던 사람들이 아빠를 발견하고는 아는 척을 했다. 아빠는 얼른 손으로 눈물을 훔치고 엄마에게 말했다.

"저쪽에 인사 좀 하고 올게."

아빠는 그들 곁으로 가 앉았다. 열 명 정도 되는 사람들이 세 개의 테이블을 차지하고 앉아 술과 음식을 나누던 중이었다. 다들 아빠와 같이 충격을 받은 듯 침울한 분위기였다.

민규는 엄마가 이끄는 대로 조금 떨어진 곳에 자리를 잡고 앉았다. 민규가 눈짓으로 아빠와 함께 앉은 사람들을 가리키며 물었다.

"누구야?"

"아빠 회사 직원들."

아빠 회사 직원이라면 경호 삼촌의 직원이기도 하다.

아빠와 경호 삼촌은 함께 건축사무소를 운영하고 있었다. 고등학교 동창인 아빠와 경호 삼촌은 대학을 졸업하고 각자 직장 생활을 하다 어느 날 갑자기 의기투합해서 사무실을 열기로 했다. 처음 동업을 하겠다고 했을 땐 엄마의 반대가 심했다고 한다.

"친구끼리 동업해서 좋게 끝나는 걸 본 적이 없어요."

이게 엄마의 지론이었다.

하지만 아빠는 이미 직장을 그만둔 상태였고 사무실까지 알아보고 다니고 있었다.

아빠의 고집을 꺾지 못한 엄마는 한동안 아빠의 결정을 탐탁지 않아 했지만 이미 엎질러진 물이라 반대도 소용이 없었다. 결국 경호 삼촌과 숙모를 만나 서로 이런저런 이야기를 나눈 뒤에야 엄마는 아빠의 결정을 이해하고 마음을 풀었다고 했다.

엄마의 염려와 달리 아빠와 삼촌이 차린 건축사무소는 착실하게 성장했다. 직원 셋으로 시작해 십 년이 지났고 지금은 스무 명가량의 직원이 근무하는 꽤 큰 회사가 되었다. 두 사람의 성격에 맞게 역할 분담을 한 것이 사업에 도움이 되었다고 했다. 건축가인 삼촌은 건축설계 쪽을 맡으면서 건축주와 협의를 담당했고, 아빠는 설계도를 바탕으로 현장에서 주택이나 빌딩을 짓고 인테리어를 맡았다.

두 집안이 함께 여름휴가를 다니기 시작한 것은 건축사무소를 운영하면서부터, 그러니까 민규가 막 초등학교에 들어갔을 때부터였다. 그러니 다경을 알게 된 것도 십 년이 넘었다.

민규는 고개를 돌려 아빠가 앉은 곳을 쳐다보았다. 아빠 그리고 아빠 주위에 앉아 있는 사람들도 무거운 분위기 속에 쉽게 입을 떼지 못하고 술만 비우고 있었다. 등을 보이고 앉은 아빠가 이야기를 시작하자 모두들 집중하듯 머리를 모았다. 다들 아빠가 하는 말에 귀를 기울이는 모습이었다.

민규가 앉은 자리에 도우미 아주머니가 음식을 가져와 차려 주었다. 엄마는 젓가락을 까서 민규의 앞에 놓고 플라스틱 용기에 담긴 음식들을 민규 앞으로 당겨 주었다. 아주머니가 가져오는 육개장을 받은 엄마는 수저를 들다가 힐끗 다경이 들어간 방 쪽을 쳐다보았다.

"…밥이나 먹었는지 모르겠네."

민규도 고개를 돌려 분향실 쪽을 쳐다보았다. 한 무리의 조문객이 또 안으로 들어가자 누군가 방으로 들어가 다경을 나오게 했다. 조금 진정이 됐는지 아까보다는 차분한 모습이었다. 다경을 쳐다보던 민규는 수저를 내려놓았다. 음식을 먹을 기분이 아니었다. 다경이 저렇게 슬픔에 잠겨 있는데 아무렇지 않게 밥을 먹는 게 미안했다.

"왜? 안 먹을 거야?"

"배 안 고파요."

잠시 민규의 표정을 살피던 엄마가 입을 열었다.

"먹어. 원래 상갓집에 와서는 먹어야 하는 거야."

"그런 게 어디 있어?"

"너 지난번에 고모할머니 돌아가셨을 때 생각 안 나? 상갓집에서 굳이 육개장을 내오는 건 붉은색으로 액땜하는 거라고."

 엄마는 은근히 이런 걸 챙긴다. 생각해 보니 고모할머니 장례를 치르고 왔을 때도 온 가족을 현관 앞에 세워 두고 소금을 툭툭 뿌린 후에야 들어오게 했다.

 민규가 어이없다는 듯한 표정으로 쳐다보자 엄마가 말을 이었다.

 "그런 게 아니더라도 여기 나온 음식은 상주가 조문객에게 감사 인사로 대접하는 거니까 그 성의를 생각해서라도 먹어야 하는 거야. 경호 삼촌이 주는 마지막 음식이라고 생각하고 먹어."

 잠시 머뭇거리던 민규는 결국 수저를 들고 육개장을 먹기 시작했다. 액땜의 이유보다는 삼촌과 숙모를 생각해서였다. 대학에 진학하면 여름휴가 때 다시 만날 거라고 생각했다. 이렇게 영영 못 보게 될 줄은 생각도 못 했다.

 묵묵히 식사를 하는 와중에 옆 탁자에서 하는 이야기 소리가 넘어왔다. 다경의 친척들인 것 같았다. 처음에는 소곤거리던 말투가 시간이 지나면서 커지기 시작해 민규의 귀에도 선명하게 들렸다. 앞으로 다경이 어떻게 되느냐는 이야기가 들리자 저절로 귀가 쫑긋해졌다. 민규가 알기로 경호 삼촌 가족들은 모두 캐나다로 이민을 가고 한국에는 먼 친척 정도만 있다고 했다.

"그럼 다경인 캐나다로 가는 건가?"

"갑자기 웬 캐나다?"

"조카니까 거두려나 보지 뭐."

"어이구, 올케 성격에 퍽이나. 자기밖에 모르는 사람들인데 다경일 받아 주겠어?"

누군가의 목소리가 작아졌다. 민규는 저도 모르게 숨을 죽이며 귀를 기울였다.

"아니, 자기 입으로 데려가겠다고 했다니까. 자기들이 다 알아서 할 테니 걱정하지 말라면서 언니랑 통화하다가 묻더래요. 다경이네 아파트가 어디냐고. 그 말을 듣는데 갑자기 싸하더래."

"그 말이 왜 싸해?"

"다경이 앞으로 남겨진 재산이 얼마나 되는지 알아

보려는 거지."

"에이 설마…."

"두고 봐요, 다경이 볼모 삼아서 경호네 재산 노리는 집들이 한둘이 아닐걸? 경호 아파트도 그렇고 사업체도 그렇고 모아 둔 재산도 꽤 있을 테니까."

옆에서 밥을 먹고 있던 민규는 자기도 모르게 앞자리의 엄마와 눈이 마주쳤다. 엄마도 옆 테이블의 이야기를 듣고 있었나 보다.

"미쳤나 봐."

"미치긴, 세상이 그런 거야. 아까 다경이 외가 사람들이 수군거리는 소리 들으니까 누가 먼저 죽었느냐에 따라서 상속분이 다르다고 하더라. 내가 그 소리 듣고 기가 차서…."

"아니, 자식이 다경이밖에 없는데 재산이야 다 다경이가 물려받겠지."

"내 말이, 애가 어리니까 눈에 뵈는 게 없나 봐."

"조용히 해요. 누가 듣겠네."

서로의 옆구리를 찌르며 눈치를 주는 친척들 너머

로 빈소에서 나오는 다경의 모습이 보였다. 민규는 서둘러 휴지를 찾아 입을 닦고 자리에서 일어났다.
 "어디 가?"
 "화장실요."
 엄마의 질문에 대충 둘러대고 민규는 서둘러 복도로 나갔다.

 민규는 복도에 늘어선 화환의 리본을 읽는 척하며 화장실 입구를 힐끗거렸다. 사람들의 인기척이 느껴질 때마다 고개를 돌려 다경이 나오는지 확인했다. 몇 분 뒤 화장실에서 나온 다경이 건물 밖으로 나가는 모습이 보였다. 뒤늦게 다경을 발견한 민규는 얼른 그 뒤를 따랐다.
 건물 밖으로 나간 다경은 건물을 돌아 뒤편에 있는 벤치로 향하더니 털썩 주저앉았다. 외진 곳이라 그런지 다른 사람은 보이지 않았다. 벤치에 앉은 다경은 몸의 기운이 다 빠진 것처럼 보였다. 다경의 뒤를 따라가던 민규는 머뭇거리다 벤치로 다가갔다.

다경은 벤치에 등을 기대고 하늘을 향해 고개를 젖혔다. 두 눈은 감고 있었다. 따끈한 햇살이 얼굴에 내리쬐는데도 개의치 않는 모습이었다. 민규는 어떻게 말을 걸까 하다가 다경이 앉아 있는 벤치의 끝자락에 앉았다. 몇 초, 아니 몇 분이 흘렀을까. 망설이던 민규가 조심스럽게 입을 떼었다.

"…괜찮아?"

바보 같은 질문. 부모님이 돌아가셨는데 괜찮을 리가 있나. 민규는 자책하며 다경의 눈치를 살폈다. 민규의 물음에도 움직이지 않던 다경이 잠시 후 눈을 떴다.

"…이제 좀 낫네."

다경은 그제야 햇살이 눈이 부신 듯 눈살을 찌푸렸지만, 얼굴은 여전히 하늘을 향해 있었다. 온몸으로 햇살을 받으려는 것 같았다. 한동안 보지 못했지만 어색함이나 서먹한 느낌은 없었다. 며칠 전에 만난 사이처럼, 아니 몇 시간 전에 하던 이야기를 마저 하는 것처럼 스스럼없이 말을 이었다.

"저기 이상하게 추웠거든. 등이 서늘한 게 자꾸 소름이 돋는 거야."

다경이 양손으로 어깨를 감싸며 몸을 떨었다. 말투는 생각보다 덤덤했다. 마치 냉방이 잘되는 실내에 있다가 나온 듯 일상적이고 무심한 느낌이었다. 민규는 마음이 조금 놓였다. 다경의 뒤를 따라 나올 때는 혼자 있을 곳을 찾아서 울기라도 하려나 싶어 마음을 졸였기 때문이다. 분향을 할 때도 그렇고, 계속 울음을 참고 있는 것처럼 보였으니까. 다경의 뒤를 따라 나온 것도 그 때문이었다.

"꽝꽝 얼었던 몸이 이제야 녹는 기분이야."

다경의 말을 전부 이해하지는 못했지만 어떤 기분인지 조금은 알 것 같았다. 부모님의 영정 사진을 마주 보며 조문객을 맞이하는 건 누구라도 감당하기 힘든 일일 것이다. 더구나 다경은 이제 열여섯 살이다. 섣사리 위로의 말이 나오지 않았다. 이럴 때 뭐라고 말을 건네야 하는지 들어 본 적도, 배운 적도 없다.

한동안 하늘을 올려다보던 다경이 민규에게 고개

를 돌렸다. 지그시 쳐다보는 눈동자를 마주하자 더 입이 떨어지지 않았다. 하지만 뭐라도 말을 건네고 싶었다. 괜찮냐는 멍청한 헛소리 말고.

"밥은 먹었어?"

꺼내 놓은 말을 다시 입속에 집어넣고 입술에 못질이라도 하고 싶었다. 겨우 한다는 소리가 밥 타령이라니, 괜찮냐는 말보다 더 형편없는 소리였다. 미적분은 배웠어도 사람을 어떻게 위로하는지에 대해서는 배우지 못했다. 가끔은 세상 쓸데없는 것만 머리에 집어넣고 산다는 생각이 든다. 이럴 땐 무슨 말을 꺼내야 하는 것일까.

다경은 고개를 저으며 희미하게 미소를 지었다. 차마 눈을 맞출 수가 없어 공연히 시선을 피했다.

"미안, 지금 내가 뭔 소리를 하는지 모르겠다."

다경이 고개를 숙이는 게 느껴졌다. 그러고는 무심하게 다리를 흔들며 말했다.

"괜찮아, 나도 사람들에게 무슨 말을 해야 할지 몰라서 가만히 있는 중이야."

"…."

사실 하고 싶은 말은 따로 있었다.

매년 여름휴가에서 돌아오면 민규와 다경은 한동안 사소한 연락을 주고받고는 했다. 하지만 발리에서 돌아온 뒤로 다경에게서는 아무런 연락이 없었다. 아무렇지 않은 척 먼저 연락하기도 이상했다.

그날 밤 느낀 두근거림이 혼자만의 감정인가 싶었다. 동생처럼 대하던 다경에게서 어느새 전에는 느끼지 못했던 말랑한 감정들이 일었지만 먼저 연락할 용기가 없었다. 시간이 지나갈수록 연락은 더 힘들어졌고, 다경에게도 연락이 없자 자신의 감정을 확인하고픈 마음도 차츰 사그라들었다. 그러고는 그다음 여름휴가는 가지 않았다. 혹시 안부 전화라도 올까 싶었지만 그런 일은 일어나지 않았다. 꼭 연락이 올 거라는 기대를 한 건 아니지만, 그래도 마음 한구석이 허전했다.

"오빠가 올 거라고 생각했어."

민규를 향해 고개를 돌린 다경은 그대로 민규를 빤

히 쳐다보며 말했다. 이 소리가 민규에게는 '마치 오빠를 기다렸어'라는 말처럼 들렸다.

어디선가 새소리가 들렸다. 시원한 바람이 나뭇가지를 흔들며 다경과 민규가 앉아 있는 곳으로 불어왔다. 다경의 머리가 바람에 흩날렸다. 바람에는 라일락 향기가 묻어 있었다. 장례식장 건물 옆이 아니라면, 이런 풍경이 아니라면, 오래 함께 앉아 있고 싶은 기분이었다.

다경의 시선을 마주한 민규는 짜릿한 감각이 손가락을 타고 흐르는 것을 느꼈다. 그날 밤 다경의 손가락이 자신의 손등 위를 지나던 그 순간처럼. 전기처럼 신경을 자극하는 전류는 순식간에 온몸으로 퍼져 나갔다. 등뼈를 타고 알 수 없는 전율이 흘렀다. 햇살 때문인지 아찔한 기분이 들더니 머리가 어지러웠다.

이런 얼굴이었나? 민규는 햇살에 비친 다경의 얼굴을 자세히 들여다봤다. 다경은 더 이상 아이의 얼굴을 하고 있지 않았다. 가까이서 보니 2년 전과는 많이 달라져 있었다. 짙어진 속눈썹과 깊은 눈, 도톰한 입술로 시선을 옮기던 민규는 자신도 모르게 고개를 돌렸다.

다시 그날 밤이 생각났다. 다경인 그날을 어떻게 기억하고 있을까? 그때 부모님이 들어오지 않았더라면 우리는 어떻게 되었을까?

얼굴이 화끈 달아올랐다. 속마음을 들키기라도 할까 봐 민규는 서둘러 자리에서 일어났다.

"들어가자. 엄마가 기다릴 거야."

둘째, 선규

†

2층으로 올라가던 선규는 자신의 방문이 열려 있는 것을 보고 걸음을 재촉했다.

방 안으로 들어서자, 침대 이불을 걷어 내고 있는 엄마의 모습이 보였다. 이불 빨래를 하려는 건가 싶었지만 그 옆에는 처음 보는 이불이 놓여 있었다. 게다가 분홍과 연두색의 체크무늬. 한눈에 봐도 선규의 이불은 아니다. 불길한 예감이 머리를 스쳤다.

"이거 뭐야?"

"너, 방 좀 치우라고 했지? 도대체 이게 뭐니? 쓰레기는 왜 안 버리고?"

"내가 알아서 치운다고요."

"이게 치운 거야? 이불만 바꾸면 될 줄 알았더니 아주 대청소를 해야겠네."

엄마는 걷어 낸 이불을 선규의 품에 안겼다.

"이거 세탁기에 넣고 와."

엄마는 선규를 몰아내듯 밀치며 바닥에 떨어져 있는 물건들을 쓰레기봉투에 집어넣기 시작했다.

"아, 왜 맘대로… 이건 내가 쓰는 거라고요."

"그러니까 알아서 정리를 잘 했어야지. 싹 다 가지고 가서 알아서 정리해."

엄마는 매트 위에 새 이불을 올려놓고 청소기를 들었다. 요란한 소리를 내며 바닥을 밀기 시작했다. 갑자기 부산을 떠는 엄마를 보자 짜증이 밀려들었다.

"창문 좀 열어. 다경이 와서 보고 놀라겠다."

"다경이가 왜 놀라요?"

"얘기했잖아, 다경이 한동안 우리 집에서 지낼 거라고. 이 방에서 지낼 거야."

새 이불을 보고 예감은 했지만 그래도 설마 했다.

선규는 저도 모르게 버럭 소리를 질렀다.

"엄마!"

"깜짝이야, 왜 소리는 지르고 그래?"

"다경이 오는데 왜 내 방을 줘요?"

"네가 양보 좀 해."

"난요? 난 어디서 자고?"

"아빠 서재 쓰면 되잖아."

이미 엄마는 결정을 한 모양이다. 답답한 마음에 선규의 목소리가 커졌다.

"그럼 다경이가 서재 쓰면 되지!"

"거긴 침대가 없잖아?"

"침대가 없는데 나보고 거기서 자라고? 내가 왜?"

"선규야!"

"그 계집애는 왜 우리 집에 온다는 거야, 왜?"

"최 선 규!"

엄마가 청소기를 끄고 선규를 향해 돌아서더니 차가운 얼굴로 말을 이었다.

"너, 지금 그게 무슨 말버릇이야?"

"왜 하필이면 내 방이에요, 왜? 자기 집 놔두고 왜 우리 집인데?"

"너 지금 다경이 어떤 상황인지 몰라서 그래? 갑자기 부모님이 돌아가셨잖아. 세상에 아무도 없는데 얼마나 무섭고 외롭겠어? 그래서 며칠만 있고 싶다는데 그 정도도 못 해 줘?"

"근데 왜 당연하게 내 방이냐고요, 형 방도 있잖아."

"형, 수험생이야. 지금 중요한 때라는 거 몰라?"

"나도 수험생이야. 아니 내가 수험생이야. 형은 고2고 난 중3이라고요. 맨날 형 형, 형이 최고지. 이럴 거면 형만 키우지 나는 왜 낳았어, 왜?"

가방을 팽개치며 소리를 지르고 나니 그제야 엄마의 표정이 눈에 들어왔다.

엄마는 미동도 없이 선규를 노려보고 있었다. 엄마의 침묵이 얼마나 무서운 일인지 아는 선규는 아차 싶었다. 하지만 선규도 지고 싶지 않았다. 머리끝까지 짜증이 올라왔다. 도대체 그 망할 계집애는 왜 우리 집에 오겠다는 거야?

"다시 한번 말해 봐, 너 지금 뭐라고 그랬니?"

선규는 입을 다물고 시선을 피했다. 뱃속에서 하고 싶은 말들이 부글거렸지만 언제나처럼 피했다. 얘기해 봤자 엄마는 모른다. 늘 잘난 첫째 아들을 챙기느라 "형 반만이라도 따라가 봐"라는 말을 입에 달고 살면서 엄마는 한 번도 그걸 인정하지 않았다. 늘 말로는 너희 둘 다 똑같이 사랑한다고 하지만 지난 16년 인생에서 형의 그늘이 드리우지 않은 적은 한 번도 없었다. 지금도 이미 모든 것을 결정해 놓고 통보하지 않았나. 아마 어느 방을 내어줄지 고민도 해 보지 않았을 것이다. 내 방이지만 나에게 권리 따위는 없다.

"진짜 실망이다, 최선규. 그게 지금 다경이 두고 할 소리야?"

말이 조금 심했다 싶었지만 이대로 물러나고 싶지 않았다.

중간고사를 망치고 온 것도 모자라 갑자기 방을 빼앗기고 졸지에 서재 바닥에서 자게 생겼다. 아무리 생각해도 이건 방 주인인 자신에게 먼저 양해를 구해야 하는 문제다. 방을 내어줄지 말지는 내가 결정할 일인데 엄마는 지금 나를 일방적으로 나쁜 놈으로 몰고 있다. 상황을 이야기하고 내게 양해를 구했다면 이렇게 화가 나지는 않았을 것이다. 그런데도 또 나한테 실망이라니, 학교에서부터 차곡차곡 쌓인 짜증이 결국 엉뚱한 곳에서 터졌다.

"최선규!"

"왜요, 왜? 여긴 내 방이라고요. 왜 허락도 없이 맘대로 해요, 왜?"

선규도 지지 않고 소리를 질렀다. 엄마가 질린 표정으로 쳐다보는 게 느껴졌지만, 오늘은 물러나지 않겠다고 마음먹었다. 늘 이 정도에서 물러나니까 엄마가 매번 나에게만 양보하라고 하지. 소리를 지르니 머리가 뜨거워졌다. 너무 화가 나 어디든 주먹을 날리고 싶었다.

"너 말 다 했어?"

엄마에게 이런 말이 나오면 끝은 뻔하다. 등짝으로

엄마의 손이 날아올 차례다. 피해야 한다. 더 있다가 듣기 싫은 잔소리 폭탄이 시작될 판이었다. 선규는 옆에 있던 새 이불을 발로 걷어차고 방을 나섰다.

"몰라, 엄마 진짜 싫어!"

방을 나오던 선규는 자신도 모르게 헉 하며 걸음을 멈추었다. 언제 왔는지 문 앞에는 다경이 서 있었다. 언제부터 와 있었던 거야, 어디서부터 들은 거야?

"…미안해. 내가 괜히 왔나 보네."

젠장, 선규는 입술을 깨물었다. 다 들었겠구나 싶어서 얼굴이 화끈거렸다.

이건 엄마에게 쏟아 내는 푸념일 뿐 다경을 향한 것은 아니었다. 망쳐 버린 시험과 또 형이 먼저인 엄마에 대한 서운함으로 터져 나온 화풀이일 뿐이다. 하지만 다경은 이런 사정을 모르니 선규의 말에 상처를 받았을 게 틀림없다.

뒤따라 방을 나서던 엄마도 다경을 발견하고는 금방 목소리를 누그러뜨리며 다가가 물었다.

"다경아, 언제 왔어?"

"아저씨가 데려다줬어요."

다경의 손에는 가방이 들려 있었다. 엄마가 다경의 가방을 받으려 하자 다경이 얼른 뒤로 손을 뺐다. 다경은 잠깐 선규의 방을 살피다가 시선을 옮겼다.

"아줌마, 제가 서재에서 잘게요. 전 괜찮아요. 서재는 어디예요?"

엄마의 날카로운 눈초리가 선규에게 향했다. 뻘쭘하게 서 있던 선규는 얼른 방으로 들어가 자기가 쓰던 이불을 챙겨 나왔다.

"아니야, 선규야. 그러지 마."

뒤에서 다급하게 말하는 다경을 뒤로하고 선규는 1층으로 내려갔다.

선규는 세탁기에 이불을 던지듯 집어넣고 드레스룸 맞은편에 있는 서재로 들어갔다. 바닥에는 엄마가 이미 가져다 놓은 이부자리가 보였다. 선규는 두 손으로 머리를 쥐어뜯으며 이부자리에 엎어졌다. 다경의 난감해하는 표정을 떠올리자 미안한 마음도 들었지만 결국 이 집에서 손해 보는 건 자신뿐이라는 생각에 화가 나기도 했다.

다른 가족은 달라지는 게 하나도 없다. 형도, 엄마도 다경이 왔다고 생활이 바뀌지 않는다. 자신은 방을 내줘야 하고 수시로 오가는 엄마의 발소리를 들어야 하고, 아빠 서재니까 아빠가 불쑥 들어오는 경우도 많을 것이다. 게다가 거실의 텔레비전 소음도 견뎌야 한다.

주먹을 쥐고 이불을 퍽퍽 소리 나게 쳐 봐도 기분은 나아지지 않았다. 선규는 자신이 왜 이렇게 늘 당하는지 알고 있다. 이 집에서 가장 마음이 약한 사람이 자신이니까. 엄마는 누굴 공략해야 하는지 아주 잘 알고 있다. 할아버지가 보고 싶다고 하면 선규는 결국 거절을 못 하고 강릉까지 내려간다. 그래 봐야 현관문을 열고 들어가면 "네 형은 안 왔냐?"라는 소리를 가장 먼저 듣는다. 당신의 큰손주는 친구들과 노느라 올 생각이 없대요. 물론 그렇게 얘기하지 못했다. 대학입시 때문이라고 하면 바로 수긍한다.

선규는 오늘 이 상황도 영 마음에 들지 않았다. 방

은 자기가 양보했는데, 조금 있으면 또 다경에게 못되게 굴었다고 한 소리 들을 게 뻔하다. 엄마의 잔소리를 듣는 건 늘 있는 일이니 상관없다. 하지만 다경은 다르다. 불과 며칠 전에 부모님이 돌아가셨다. 그냥 화가 나서 한 말인데 다경이 밖에서 그 말을 들을 줄은 몰랐다. 머리를 처박고 후회해 봐야 한번 뱉은 말은 주워 담을 수 없다. 선규는 눈물이 찔끔 나올 정도로 속이 상했다. 엄마 말대로 다경이 지금 얼마나 힘든 상황인지 아는데 그런 말을 듣게 만들다니… 입을 쥐어뜯고 싶었다.

다경이 한동안 우리 집에서 지내게 되었다는 말을 들은 건 그제 저녁이었다. 저녁 식사를 하며 아빠가 말을 꺼냈다.

그날 아빠는 아침 일찍 발인에 참석했고 화장터를 거쳐 경호 삼촌의 선산에 있는 납골당까지 가서 위령제를 지내고 돌아왔다.

"다경이 한동안 우리 집에서 지내기로 했으니까 오

면 잘 챙겨 줘라."

선규는 놀란 눈으로 아빠를 쳐다보았다. 엄마랑은 이미 이야기를 끝냈는지 별말이 없었다. 선규의 시선이 형을 향했다. 형도 약간 놀란 듯했지만 수긍하는 눈치였다.

"친척들은 없어요? 왜 우리 집으로 와요?"

강릉에서 돌아왔을 때 다경의 부모님이 돌아가셨다는 이야기를 들었다. 갑작스러운 소식에 놀라 장례식장에 가겠다고 했지만, 엄마는 가족들이 다녀왔으니 너까지 가지 않아도 된다고 했다. 늦은 시간이기도 했고 다음 날 학교도 가야 해서 고집을 부리지는 않았지만, 장례식장에 가지 않은 게 내심 신경이 쓰였다.

그날 밤 다경에게 톡을 보냈다. 하지만 확인도, 답장도 없었다. 그럴 경황이 없을 거라 생각은 했다. 나중에 다시 문자를 보내야지 생각하고 있었는데 오늘 이렇게 짜증을 내고 있을 때 다경과 마주친 것이다.

다경인 무슨 생각을 하고 있을까?

선규는 이불 위에 얼굴을 처박은 채 주먹을 내려

쳤다. 소리라도 지르고 싶었지만 그러면 위층에 들릴 것 같았다. 다경은 더 깊은 오해를 할 것이다. 선규는 한숨을 내쉬며 머리를 쥐어뜯었다. 지금은 후회를 해봐야 소용이 없다. 나중에 기회가 되면 오늘 일에 대해 설명하고 사과를 해야겠다고 생각했다.

그때 방문이 열렸다.

선규의 책가방과 노트북을 들고 들어온 엄마가 한쪽에 짐을 내려놓고는 선규에게 다가왔다. 엄마는 선규의 등짝을 때리며 낮게 말했다.

"왜 애를 울려, 다경이가 얼마나 속상하겠어?"

울고 있다고? 엄마의 손을 피하면서도 선규의 기분은 엉망이 되었다. 엄마에게 더 화가 났다. 제대로 상황을 설명하고 방을 비우라고만 했어도 이렇게 화를 내지는 않았을 것이다. 또다시 엄마와 싸우고 싶지 않아 선규는 얼른 일어나 가방을 챙기며 말했다.

"나 내일까지 시험이에요."

"나중에 제대로 사과해."

또또, 엄마는 왜 먼저 말을 꺼내 나를 청개구리가

되게 만들까? 조금 전까지 다경에게 사과할 생각을 하고 있었는데 엄마 때문에 마음이 식었다. 사과해 봐야 엄마가 시켜서 하는 것밖에 안 된다. 그저 나만 나쁜 놈이지, 나만.

선규는 아빠의 책상 위에 노트북을 내려놓고 가방에서 책을 꺼냈다.

"나 시험공부해야 돼."

선규는 나가 달라는 듯 책상에 앉아 책을 펴고 공부할 준비를 했다. 엄마는 혀를 차며 방을 나갔다. 선규는 그제야 한숨을 내쉬고 자리에서 일어났다. 이부자리와 가방을 정리하는 한편으로 다경이 울고 있다는 말이 어쩐지 계속 신경 쓰였다.

더 늦기 전에 올라가서 미안하다고 말할까? 네게 화낸 게 아니라 사실 엄마에게 화가 난 것이라고. 아니, 핑계처럼 느껴질 것이 뻔하다. 더 생각해 봤자 머리만 아프다. 선규는 이불 위에 벌렁 드러누워 생각에 잠겼다.

이제 같이 산다고?

여름이면 며칠씩 같이 지내긴 했어도 그것과 이건 다르다.

아빠는 퇴근 시간이 늦으니 마주칠 일이 거의 없다. 게다가 2층에 올라오는 일도 드물다. 엄마는 같은 여자니 오히려 좋을지도 모르겠다. 휴가가 끝나고 집에 돌아올 때마다 엄마는 번번이 "나도 딸이 하나 있으면 좋겠다" 하고 노래를 불렀다. 결국 가장 큰 피해자는 형과 자신이라고 생각했다. 아니다, 피해자는 자신뿐이다. 당장 방을 빼앗긴 것만 봐도 알 수 있다. 형이야 뭐, 학원 다녀와서 자기 방에 틀어박히면 얼굴 보기도 힘드니까. 그래도 첫날부터 울리다니, 생각할수록 마음이 불편했다.

한편으로 과연 같이 지내는 게 괜찮을까 하는 생각도 들었다. 부모님은, 아니 엄마는 과연 다경이를 제대로 알기나 할까?

며칠 동안 잘 보이는 건 쉬운 일이다. 눈앞에 있을 때 행동을 조심하고, 듣기 좋은 말만 하고 얌전히 있으면 어른들은 금방 좋은 아이라고 생각한다. 그렇다고 다경이 진짜 나쁜 아이라는 건 아니지만, 엄마가 생각하는 것만큼 다소곳하고 착한 아이는 아니라는 얘기다.

선규는 알고 있다. 다경은 어른 앞에서 어떻게 행동해야 잘 보일지 알고 그때그때 얼굴을 갈아 끼운다. 귀찮아도 웃으면서 대답하고, 다정하게 팔짱을 끼고, 듣기 싫은 이야기도 맞장구를 쳐 주며 들어 준다. 갖고 싶은 게 있으면 일부러 엄마가 보는 앞에서 들었다 놨다 하며 아쉽다는 표정을 짓는다.

학교에서도 또래 여자아이들의 내숭과 아양, 순진무구한 척하는 가식에 익숙해진 터라 그러려니 했다. 같은 반 친구 말로는 그게 여자애들의 생존 전략이라고 했다. 다경은 그것만 있는 게 아니었다.

중학생이 되면서 선규는 조금씩 다경의 또 다른 모습을 보게 되었다. 여름마다 완전히 달라진 모습으로 나타나는 다경의 변화는 낯설고 당황스러웠다.

화장을 시작했고 말도 거침없었다. 한 뼘 아래 정도의 눈높이였던 다경은 어느 순간 선규의 키를 따라잡

았고 어린이 수영복을 벗었다. 가슴이 나오고 허리가 들어가는 신체의 변화와 함께 말하는 것도 변했다.

"너는 아직도 그 키야? 도대체 언제 크니?"

선규가 어떤 말에 약이 오르는지 정확히 알고 있었고 그런 말들로 성질을 건드렸다. 상대를 말아야지 하다가도 금세 다경에게 말려들었다.

"넌 아직도 원숭이 시절이구나?"

"뭐? 그게 뭔데?"

"원숭이, 알지? 아무 생각 없이 꽥꽥 소리 지르고 정신 사납게 뛰어다니고."

"그럼 너는 뭔데?"

"얘기해도 넌 몰라."

원숭이라는 말에 대충 감을 잡았다. '그래 봐야 너랑 나는 같은 나이야'라고 생각해 보지만, 선규가 보기에도 뭔가 달라졌다. 자신은 아직도 아이 같은데 다경은 어른이 되어 가고 있었다.

어릴 땐 거침없이 팔을 잡아당겨 물에 빠뜨리고 몸을 부딪치며 놀았는데, 이제는 예전처럼 아무렇지 않게 몸을 건드릴 수가 없었다. 수영장에서 함께 수영을 하다가도 어쩌다 몸이 닿으면 움찔하며 뒤로 물러나게 되었다. 어색한 순간이 생기면 다경은 오히려 몸이 닿을 만큼 가깝게 다가와 반응을 살폈다. 그럴 때면 머리를 물속에 빠뜨려 잔뜩 물을 먹게 했다.

해가 지날수록 선규는 차츰 거리감을 느꼈다. 작년에 오키나와로 휴가를 갔을 때 선규는 다경의 다른 면을 제대로 보았다.

형은 고등학생이라고 가족 휴가에서 빠지고 여섯 명이 함께 여행을 갔다. 어른들은 자기들끼리 어울리다 보니 선규는 자연스럽게 다경과 둘이 다니게 되었다. 형과 함께 다닐 때는 별로 느끼지 못했는데 둘이 다니자니 귀찮은 게 한두 가지가 아니었다.

자기가 들고 다니는 가방을 무겁다고 떠넘기질 않나, 팔을 잡아끌고 가게로 들어가 아이스크림을 사고 그냥 나가 버려 결국 선규가 돈을 낸 적도 있다. 나미노우에 해변에서는 한눈에 봐도 불량하게 보이는 남학생 무리에게 담배를 받아서 피우려고 하기도 했다.

선규는 기겁하며 다경의 팔을 잡아끌고 역으로 향했다.

"뭐 하는 거야? 너 중학생이야."

"왜, 경험이야, 경험. 여행 중에는 일탈이라는 것도 해 보라고."

"그건 일탈이 아니고 비행이라고 하는 거야."

"네가 그래서 친구가 없는 거야. 두 마디만 하면 답답하거든."

다경은 눈 하나 깜짝하지 않고 선규의 말을 받아치며 놀렸다.

쇼핑을 하고 싶다고 굳이 자신을 끌고 나온 것부터 쉽지 않겠구나 했는데 수시로 놀리고 장난치고 주먹까지 날렸다. 구박을 받으면서도 별생각이 없었는데 가끔은 돌발적이고 위태로운 행동을 해서 선규를 당황하게 했다. 어디로 튈지도 모르겠고, 도대체 왜 그런 행동을 하는 건지 이해가 되지 않았다.

또 하나 기억나는 건 츄라우미 수족관 구경을 마치고 기념품을 파는 매점으로 들어갔을 때의 일이다.

다경이 갑자기 가방을 휘두르며 근처에 있는 한 남자의 머리를 후려쳤다. 느닷없이 봉변을 당한 남자는 일본 말로 뭐라고 소리를 지르며 다경에게 화를 냈다. 다경도 지지 않고 욕을 하며 소리를 질렀다. 돌고래 인형을 고르던 선규는 놀라 다경에게 달려갔다. 영문을 모르던 선규는 일이 더 커지기 전에 얼른 다경을 데리고 밖으로 나왔다. 분이 풀리지 않은 다경이 가방을 바닥에 집어 던지며 소리를 질렀다.

"갑자기 왜 그래?"

"아, 몰라 꺼져."

다경은 괜히 선규에게 화풀이를 하며 돌고래 쇼를 하는 곳으로 향했다. 다경의 뒤를 따라가며 선규는 다경이 왜 갑자기 저러는지 의아했다. 못 본 사이 달라진 것인지, 아니면 그 남자에게 화를 낼 이유가 있었는지 궁금했지만 물어볼 기회가 없었다. 같이 다니면서 짜증만 부리니 여름휴가가 더 이상 즐겁지 않았다. 내년부터는 선규도 형처럼 입시를 핑계로 여름휴가에서 빠질까 하는 생각을 했다. 그러면 더 이상 함께 보내는 여름은 없을 것 같은 예감이 들었다.

아빠 책상에서 공부하는 게 나쁘지는 않았다. 아니 오히려 좋았다. 2층에서는 맞은편 방을 쓰는 형 때문에 집중력이 흩어지기 십상이었다. 큰 소리로 불러다 심부름을 시키거나, 오가며 괜히 한 번씩 문을 열어 감시하는 투로 한마디 던지고 가면 짜증이 밀려들었다. 흐트러진 집중력 때문에 결국 하던 공부도 집어치우고 핸드폰으로 게임을 하거나 웹툰을 보며 딴짓을 했다. 핑계 같지만 당해 본 사람은 안다. 한창 집중이 잘되어 공부에 몰두하고 있을 때 누군가 그 집중력을 깨뜨리면 얼마나 짜증이 나는지.

1층에 내려오니 방해꾼이 사라져 집중이 잘되었다. 낯선 공간이 공부에 도움이 되었다. 침대가 없어서 자는 게 조금 불편하긴 했지만, 그것도 매트를 까니 견딜 만했다. 생각보다 거실에서의 소음도 들려오지 않았다.

인터넷강의를 다 듣고 밀린 과목의 교과서를 보고

있는데 노크와 함께 다경의 목소리가 들렸다.

"선규야, 자?"

선규는 벌떡 일어나 방문을 열었다. 다경이 문 앞에 있었다.

"왜?"

선규는 자기도 모르게 퉁명스럽게 대꾸했다. 다경이 온 뒤로 둘이 이야기하는 것은 처음이다. 어제의 실수에 대해 사과해야 한다고 생각했지만, 미루다 보니 기회를 놓쳤다. 먼저 말을 걸기가 무섭기도 했다.

다경은 들어오란 말도 하지 않았는데 거침없이 방 안으로 들어섰다.

"뭐야?"

마음과 달리 볼멘소리가 나왔다. 다경은 선규의 말에도 아랑곳하지 않고 방 안을 둘러보았다.

"여기가 아저씨 서재구나?"

다경은 책꽂이에 있는 책들을 꺼내 보거나 진열장에 있는 소형 건축물을 만지다 내려놓았다. 선규는 갑자기 자기 방에 있는 플라모델이 생각났다.

"너, 내 방에 있는 거 하나라도 건드리면 죽어."

"…네가 하는 거 봐서."

놀리듯 자신을 쳐다보는 다경을 보자 미안하던 마음이 싹 가셨다. 그래, 넌 이렇게 제멋대로인 애였지. 선규는 책상 앞 의자에 돌아가 앉으며 말했다.

"왜 왔어? 무슨 말이 하고 싶어서?"

그제야 다경이 한쪽 벽에 있는 의자를 끌어다 선규를 마주 보며 앉았다. 선규는 자신도 모르게 주춤 뒤로 물러났다.

"…나도 네 방에서 지내게 될 줄은 몰랐어. 미안해."

미안하다는 말에 조금 마음이 풀어졌다.

"…됐어."

"…집에 못 들어가겠어. 무서웠어. 방에 누워 있으면 거실에 엄마가 있을 것 같고, 아빠가 부를 것 같아서."

선규는 다경의 얼굴을 쳐다보았다. 입술이 파르르 떨리고 있었다. 표정은 애써 참고 있었지만 몸은 진심으로 떨고 있었다. 문득 다경과 같은 상황에 처하게 되면 어떤 느낌일까 하는 생각이 들었다. 상상만으로도 끔찍했다. 엄마 아빠가 없는 세상은 생각하기도 싫다. 그러니 다경의 무섭다는 말이… 이해가 갔다.

"그래서 아저씨에게 부탁했어. 너희 집에 있으면 좀 덜 무서울 것 같기도 하고."

"누구 같이 있어 줄 친척은 없어?"

다경이 고개를 저었다.

"그건 내가 싫어. 날 챙겨 준다고는 하지만 이상한 거나 물어보고."

"이상한 거?"

"아파트는 누구 명의인지, 통장은 어디 있는지, 생명보험 들었는지 같은 걸 물어봐. 엄마가 주식한다고 들었는데 아는 거 있냐, 뭐 그런 거. …진짜 미쳤나 봐."

"널 위해서 물어보는 거겠지."

선규는 갑자기 고모할머니 장례식장에서 들은 이야기가 생각났다.

"빨리 신고하지 않으면 나중에 문제가 된대."

다경의 미간에 주름이 졌다. 짜증이 난다는 표시였다.

"그렇다고 그걸 꼭 지금 물어야 해? 내 기분은?"

"…."

그건 다경의 말이 맞다. 우리가 어른들의 물음에 답을 안 할 때는 다 이유가 있다. 선규는 다경의 얼굴에서 얼마 전 교과서에서 배운 '경멸'이라는 단어를 떠올렸다.

국어사전에는 '깔보아 업신여긴다'라는 뜻이라고 나오지만 선규가 느끼는 경멸은 의미가 조금 달랐다. 자기보다 어리거나 사회적 지위가 낮은 사람에게는 경멸이 깔보고 업신여긴다는 뜻이 될지 모르지만, 어른이나 잘난 사람에게 하는 경멸은 혐오와 냉소, 반항을 담고 있다.

어리다고 반말이나 욕설을 함부로 하는 어른이나, 자기가 잘못해 놓고 적반하장으로 큰소리를 치는 어른들, 또 자식이 죽었는데 10년 동안 소식이 없다가 나타나서 보상금을 챙기는 부모의 뉴스를 보면서 선규는 경멸의 감정을 제대로 배웠다.

고모할머니의 장례식장에서도 유산 때문에 아빠의 사촌들이 목소리를 높이고 싸웠다. 누구는 오래전 이미 집을 상속받았다고 하고, 누구는 그것과 상관없이 남은 유산에서 자기 몫을 달라고 했다. 싸움을 지켜보던 엄마는 서둘러 형과 선규를 데리고 장례식장을 빠져나왔었다. 그때 엄마가 중얼거리던 말이 기억났다.

"그놈의 돈이 뭐라고 다들 제정신이 아니네…."

아마 다경도 비슷한 일을 겪고 기분이 상한 게 아닌가 싶었다.

"…계속 불편하면 내가 서재에서 잘게."

선규는 얼른 정신을 차리고 다경의 말에 고개를 저었다.

"너 때문이 아니야. 그냥 엄마한테 짜증 낸 거야."

선규의 얼굴을 빤히 보던 다경이 물었다.

"혹시 민규 오빠 때문이야?"

다경과 눈이 마주친 선규는 뭐라 말을 못 하고 머뭇거렸다. 도대체 어디까지 들은 거야? 다경은 선규의 팔을 툭 치며 웃었다.

"우리가 하루이틀 본 사이야? 네가 예민해지는 이유는 하나잖아, '아 형 방도 있잖아?' 하면서. 맨날 형 형."

다경은 선규가 했던 말을 고대로 흉내 냈다. 어이가 없었지만 다 들켰으니 변명할 처지도 못 된다.

"넌 모르지? 태어나는 그 순간부터 맨날 비교당하며 사는 기분. 친척들 만나면 다들 민규 엄마, 민규 아빠라고 불러."

"그러게 먼저 태어나지 그랬어?"

생각해 보면 매해 일주일이라고는 하지만 그게 10년이 넘으면 대수롭지 않은 시간이 아니다. 피를 나눈 가족은 아니라도 근사치에 가까울지 모른다. 선규는 자신이 어떤 마음인지 다 알면서도 놀리는 다경이 얄미웠다. 한편으론 별거 아니라는 식으로 말하니 자기가 너무 예민했나 하는 생각도 들었다. 이대로 있다가는 괜히 쓸데없는 이야기까지 하게 될까 봐 서둘러 다경을 내보내야겠다 싶었다.

"더 할 얘기 없으면 그만 나가지?"

다경은 알 듯 말 듯한 미소를 지으며 자리에서 일어났다. 방을 나갈 줄 알았던 다경이 책상 앞에 앉아 있는 선규에게 불쑥 다가왔다. 다경은 선규가 펴 놓은 책을 들여다보며 물었다.

"무슨 공부 하는 중?"

선규는 손바닥으로 책을 덮으며 다경을 밀어 냈다.

"나가라고!"

이미 책의 내용을 봤는지 다경이 웃으며 물러섰다.

"세계사구나? 모르는 거 있으면 물어봐."

조금 성적이 높다고 목에 힘주는 꼴은 보기 싫다. 이럴 때 형이나 다경이나 같은 편이다. 더구나 세계사는 읽고 외우기만 하면 된다. 수학은 몰라도 외우는 것은 자신 있다. 선규는 다경이 그만 방에서 나가길 바라며 펼친 책을 덮은 뒤 다경을 노려보았다.

"나가라고 했다. 이젠 이 방도 차지할래?"

"내가 내는 문제 맞히면 나갈게."

"내가 왜 문제를 맞혀야 하는데?"

"왜? 자신 없어? 트로이전쟁 공부하던 중 아니었어?"

역시 그 짧은 시간 동안 책의 내용을 확인한 게 틀림없다. 빨리 나가게 하려면 다경의 장단에 맞춰 주는 게 편할 것 같았다.

"그래, 뭔데?"

"파리스가 헬레네에게 반해서 일어난…"

"트로이전쟁."

"야, 문제가 끝나지도 않았는데."

"알았어, 말해 봐."

이번엔 진득하게 기다리기로 했다.

"…트로이전쟁은 10년 동안 벌어졌지. 이 전쟁을 끝낸 게 뭐였을까?"

생각보다 어렵지 않은 문제였다.

"트로이 목마."

"정답."

선규는 자리에서 일어나 손을 흔들며 어서 나가라는 듯 문 쪽을 가리켰다. 다경이 알았다는 듯 문이 있는 쪽으로 걸음을 옮기다 선규를 쳐다보았다.

"지금까지는 연습문제. 이제 진짜 문제 낼게."

"야, 이다경!"

"트로이 목마의 진짜 의미가 뭐게?"

"진짜 의미? 그거 말 모양의 비밀 병기 아니야?"

"잘 모르는 존재를 함부로 들이면… 다 죽는다는 거."

말을 마친 다경이 방문을 열고 밖으로 나가려다 다시 고개를 돌려 선규에게 말했다.

"그래도 너랑 이야기하니까 기분이 좀 풀렸어. 고마워."

다경이 나가고 문이 닫히자 선규가 이불을 집어 던졌다. 진짜 여우라니까, 사람을 아주 가지고 놀아.

선규는 자신의 속마음을 들킨 것 때문에 화가 난 것인지, 아니면 방을 돌려줄 마음도 없으면서 간을 보는 게 화가 난 것인지 알 수 없었다. 하지만 한 가지는 분명했다. 앞으로 다경이 하는 말에 자신이 휘둘리게 되리라는 것을.

여름마다 그랬던 것처럼.

엄마, 세라

†

다경이 오면서 집안 분위기가 조금씩 달라졌다.

하루를 시작하는 아침부터 세라는 그 변화를 실감했다. 식사를 차려 놓고 열 번을 불러도 한 번 대답할까 말까 하는 아이들과 달리 다경은 일찌감치 일어나 식사 준비를 하는 세라의 곁을 맴돌았다.

식탁에 수저를 놓고 세라가 반찬을 만들면 옆에서 담을 접시를 건네주었다. 눈치가 빨라 냄비 받침을 찾는다 싶으면 이미 식탁에 내려놓고 있다. 입안의 혀처럼 군다는 게 이런 건가 싶었다. 혹시 남의 집이라 눈치가 보여 바지런을 떠는 건가 싶었지만 휴가

때의 모습을 생각하면 딱히 그런 것도 아니라는 생각이 들었다.

 등짝을 때려 가며 깨우기 전까지 늘어지게 자는 아들들과 달리 다경은 아침 식사 전에 이미 자기 엄마와 산책을 다녀오곤 했다. 이른 아침 한적한 해변을 걸었다거나, 새벽에 열리는 동네 시장에 찾아가 그 지역의 아침거리를 사 들고 돌아오곤 했다. 세라는 다경과 팔짱을 끼고 다니는 소은이 부러웠다. 살가운 딸을 가진 엄마는 웃을 일이 많고 아들 둘을 가진 엄마는 느는 게 팔 힘이고 목청만 커진다.

 "이건 어떻게 만들어요? 맛있겠다."

 늘 하던 일이지만 누군가의 관심을 받고 안 받고에 따라 기분이 완전히 달라진다. 다경의 관심에 세라도 말이 많아졌다. 밥상을 차려 줘도 앉으면 먹기 바쁜 가족들만 보다가 음식을 할 때부터 옆에서 지켜보며 말을 걸어 주고, 나물 반찬 만드는 방법을 물어보고, 간을 보면 맛있다며 눈을 반짝이며 감탄을 하니 저절로 신이 났다. 어미 새를 따라다니는 새끼처럼 총총

거리며 옆을 지켜도 귀찮기보다는 귀엽기만 했다. 세라는 딸 가진 부모의 행복을 처음으로 누렸다. 딸이 있다는 건 이런 기분이구나.

"언니, 그러면 하나 더 낳아요. 아직 안 늦었어."

여름휴가 때마다 세라의 푸념에 소은은 웃으며 이렇게 말했었다.

"아이고, 그러다 또 아들 나오면? 됐어. 지금도 힘에 부쳐."

"왜요, 나는 민규, 선규 보면 든든해서 부럽기만 하던데."

"든든하긴, 사고만 치는데. 그러는 자기야말로 아들 하나 낳지?"

"그러고 싶죠. 근데 다경이도 간신히 얻은 아이라 더 욕심 없어요."

"그럼 가끔 바꿔 키울까?"

"그럴까요? 막상 키워 보시면 생각 같지 않을 거예요."

서로 상대 자식을 부러워하며 농담 반 진담 반으로

휴가 때마다 이런 말을 주고받았다.

"딸이라고 좋기만 한 것도 아니에요. 자기 기분 좋을 때는 강아지처럼 엉기다가 한번 틀어지면 고슴도치처럼 찌른다니까요. 한번 성질부리면 아무도 못 당해요. 말은 또 얼마나 잘하는지 한번 시작하면 정나미가 떨어진다니까요."

다경이 한두 번 심통을 부리는 모습을 보긴 했지만 그 정도는 민규와 선규가 부리는 말썽에 비할 바가 아니다. 아들을 키우는 건 급이 다른 전쟁이다. 오죽하면 딸 키우는 엄마보다 아들 키우는 엄마가 수명이 짧다는 연구 결과가 있을까. 게다가 아들 수가 많을수록 엄마의 수명은 더 짧아진다고 한다. 신문에서 그 기사를 발견한 세라는 식탁에 마주 앉은 민규와 선규에게 보여 주며 엄마의 수명은 너희들 손에 달렸으니 알아서 하라고 으름장을 놓았었다.

지금은 그나마 자기 앞가림을 하니 손이 덜 가지만 어릴 때는 정말 울고 싶은 적이 한두 번이 아니었다.

장난감을 사 주면 일주일을 못 갔다. 뭘 사 줘도 던

지고 부수고 분해하기 일쑤였다. 게다가 장난이 심해서 둘이 번갈아 팔, 다리가 한 번씩 부러져 몇 달씩 깁스를 하고, 보조기 신세를 지기도 했다. 방 청소해라, 빨랫감은 세탁기에 넣어라, 귀에 딱지가 앉을 정도로 말해도 그때뿐이고 방에 들어가면 발을 딛고 다니기 힘들 정도로 난장판이다. 방에서 뭘 하길래 그렇게 어지럽혀 놓는지.

무엇보다 속이 터지는 건 대답이 없다. 밥을 먹으라고 불러도 묵묵부답이고 게임기에 빠져 있을 때는 옆에서 아무리 불러도 모른다. 목소리가 담을 넘어갈 지경이 되어야 겨우 한마디를 들을까 말까였다. 찾아다니며 등짝을 몇 번 때려 봐도 효과는 그때뿐이었다. 어릴 때는 키우느라 육체적으로 힘들었다면 아이들이 자라면서부터는 각자 성격에 따라 다른 방식으로 세라를 힘들게 했다.

공부에 대한 경쟁심이 남다른 민규는 시험 때만 되면 예민해졌다. 학년이 올라갈수록 입시에 대한 스트레스 때문인지 공부를 방해하는 것은 무엇이든 거부

했다. 먹는 것도 입는 것도 까다롭게 굴었다. 입맛에 안 맞으면 잘 먹지도 않았고, 취향이 아닌 옷은 거들떠보지도 않았다.

다행히 선규는 무던한 편이었다. 형과 달리 공부에 별 관심은 없었다. 그래도 손재주는 있어서 조립하는 걸 좋아하고 무엇이든 한 번 본 것은 대충 비슷하게 만든다. 무던한 성격이라 민규보다 손이 덜 갔다. 혼자 두어도 알아서 잘 놀았다. 다경에게 선규의 방을 내어준 것도 선규라면 양보해 줄 거라고 믿었기 때문이다. 잠깐 투덜거릴 거라고 예상했지만, 생각보다 거칠게 반항해 당황스러웠다. 자라면서 형에 대해 경쟁심이라도 생긴 건지 중학생이 되면서 형과 비교하며 신경을 곤두세우고 있다. 다경의 방 문제로 또 큰소리를 내어 당혹스러웠다. 그래도 마음이 여려 결국 부탁한 일을 거절하지 못한다.

다경이 처음 집에 왔을 때는 두 가지가 마음에 걸렸다. 우선 부모님이 돌아가신 지 얼마 되지 않은 상태라 다경을 어떻게 위로해야 할지 걱정스러웠다. 하루이틀 만에 해결될 문제는 아니라지만 아직 어린 다경이 얼마나 이 일을 감당해 나갈지 염려스러웠고, 깊은 슬픔에 빠져 어떻게 행동할지 가늠이 되지 않았다. 또 한 가지는 다경이 이 집에서 지내는 동안 가족들이 어떻게 적응할 것인가 하는 문제도 있었다.

여름휴가 때마다 어울렸다고는 하지만 낯선 여행지에서 일주일 정도 부담 없이 놀며 지내다 헤어지는 것과 내가 사는 공간에서 계속 부딪치고 마주 봐야 하는 것은 다른 문제다. 점점 입시 스트레스를 받기 시작한 민규가 예민하게 굴지는 않을지, 자주 투닥거리는 선규와는 잘 지낼 수 있을지도 신경이 쓰였다. 하지만 이 집에 오고 싶다는 다경을 거절할 수가 없었다. 장례식장에서 들었던 친척들의 이야기가 머릿속 한편에 남아 도무지 잊히지 않았다. 세라는 다경이 얼마나 갈 곳이 없으면 그런 이야기를 했을까 싶었다.

며칠 지나면서 다행히 염려했던 것보다 다경이 잘 이겨 내고 있고 이 집에도 적응을 잘하고 있는 것 같아 마음이 놓였다.

동네 약국에서 몇 가지 약을 사서 집으로 돌아오는 길에 대문 앞에서 다경과 마주쳤다. 몇 가지 짐을 더 챙기러 집에 다녀온다던 다경은 꽃을 한 아름 안고 있었다.

"어머, 웬 꽃이야?"

"버스 정류장 앞 꽃집에서 팔길래 샀어요."

"마당에도 꽃 있는데."

대문으로 들어선 세라는 다경의 손을 이끌고 마당 한편에 정성 들여 가꾼 꽃밭으로 향했다. 아침에 일어나면 가장 먼저 이곳에 나와 이슬 맺힌 꽃들을 보고 잡초를 뽑았다.

정원은 세라의 자랑이다. 현관에서 대문까지 디딤돌이 깔린 곳 외에는 잔디가 자라고 있고 담장 쪽에는 울타리를 따라 심은 다양한 꽃이 계절마다 피어났다. 5월인 지금은 꽃이 한창이라 크고 작은 꽃들이 다투어 피고 있다. 아파트가 아닌 단독주택에서 살기를 원한 것도 이런 이유에서였다.

"봐, 이렇게 한창이잖아."

"마당에 있는 꽃, 꺾어도 돼요?"

"그럼, 가지치기도 하는데. 맘에 드는 걸로 가져다 방에 꽂아도 돼."

고개를 끄덕이는데, 다경이 세라의 손에 든 약 봉투를 발견하고는 물었다.

"어디 아프세요?"

"아, 이거? 이건 상비약이고, 이건 민규 영양제. 다 떨어졌는데도 사 달란 소리를 안 해서 몰랐네."

세라는 다경과 함께 집 안으로 들어갔다. 다경이 안고 있던 꽃을 식탁 위에 내려놓았다.

"혹시 꽃 이름도 아세요? 이뻐서 샀는데 전 장미밖에 모르겠어요."

"음, 이건 작약이고 이건 리시안셔스. 오니소갈룸, 천조초, 밥티시아도 있네. 꽤 비쌌겠는걸?"

"와, 다 아시네. 멋져요."

세라는 꽃 이야기를 함께할 수 있는 사람이 생겨

즐거웠다. 자기도 모르게 말이 많아졌다.

"리시안셔스의 꽃말은 변치 않는 사랑이고, 작약은 수줍음, 오니소갈룸은 일편단심, 천조초는 정의와 자유, 작약이랑 밥티시아는 우리 집 정원에도 있어."

다경은 몇 가지 꽃을 소분해서 주방 식탁 위를 장식했다. 화병에 물을 받아 몇 송이 올렸는데 그것만으로도 주방이 화사해졌다.

"방에도 두고 싶은데 좀 큰 화병 없어요?"

다경의 말에 세라는 다용도실을 열어 화병을 건네주었다. 누군가에게 선물받은 크리스털 화병인데 다용도실 선반에 들어간 뒤 나올 일이 없었다.

"화병이 이쁘네요. 비쌀 것 같아요."

남자아이 둘을 키우다 보니 화병처럼 깨지기 쉬운 물건은 치우고 살았다. 세라 자신도 기억나지 않을 만큼 오래 다용도실에 처박혀 있는 신세였는데 다경 덕분에 다시 세상에 나왔다.

다경은 남은 꽃을 화병에 꽂고 이리저리 정리하기 시작했다.

"잘하네. 꽂꽂이도 잘하겠는걸?"

"정말요?"

다경이 밝은 얼굴이 되어 화병을 들고 2층으로 올라갔다. 식탁 위에 남은 포장지와 잎사귀를 치우고 주방을 정리하던 세라의 눈에 약 봉투가 보였다. 세라는 민규의 영양제를 챙겨 2층으로 올라갔다. 바닥에 몸만 빠져나간 트레이닝바지가 매미가 벗어 놓은 허물처럼 놓여 있었다. 세라는 민규의 책상 위에 영양제를 내려놓고 트레이닝바지를 들어 탁탁 턴 뒤 의자 걸이에 걸쳐 두었다.

민규의 방을 나와 1층으로 내려가려던 세라가 방향을 틀어 선규의 방으로 향했다. 남자아이가 쓰던 방이라 불편한 건 없는지 더 잘 챙겨야 했는데 미처 물어볼 시간도 없었다.

"다경아, 들어가도 되니?"

다경이 문을 열어 주었다. 방으로 들어선 세라는 놀란 눈으로 방 안을 둘러보았다. 선규가 쓸 때와는 완전히 달라져 있었다. 책상 한편에 있던 선규의 짐

들을 내려보내고 다경의 물건을 놓기는 했지만, 그것 때문만은 아니었다. 며칠 만에 방 분위기가, 아니 냄새부터 완전히 바뀌어 있었다. 화병에 있는 작약의 향기는 아니었다.

"향이 다르네. 이건 무슨 향이야?"

"아, 이건 엄마가 쓰던 향수 냄새에요."

다경이 책상 한편에 놓인 향수병을 들어 보여 주었다. 그제야 어디선가 맡아 본 향이라는 것을 깨달았다. 소은의 몸에서 은은하게 나던 향이었다.

"너무 많이 뿌린 것 아니니?"

세라가 창문을 열며 말했다. 세라가 느끼기에는 머리가 아프지 않을까 걱정될 정도였다.

"이걸 뿌리면 엄마가 옆에 있는 것 같아서요."

세라는 아차 싶었다. 엄마의 향수를 뿌렸다고 했을 때 눈치챘어야 하는데. 세라는 다경의 안색을 살피며 조심스럽게 말했다.

"미안해, 아줌마가 미처 생각을 못 했네."

"…기분 나쁘시면 뿌리지 않을게요."

"아냐, 괜찮아. 이 방에 있는 동안 네 방처럼 생각하고 원하는 대로 해."

다경의 표정이 어두워진 것을 본 세라는 다시 창문을 닫아 주고 얼른 방을 나왔다.

별다른 내색을 하지 않아서 잘 견디고 있으리라 생각한 게 실수였다. 어떻게든 자신의 방법으로 아픔을 이겨 내는 중이라고 생각했어야 하는데 자신이 무심했다는 걸 깨달았다. 엄마의 냄새를 맡고 싶어 향수를 챙겼다는 말에 자신도 모르게 울컥했다. 세라는 앞으로는 좀 더 세심하게 다경을 살펴야겠다고 생각했다.

다경과 함께 지내면서 세라는 잊고 지내던 자신의 어린 시절을 떠올리기 시작했다.

부모라는 울타리가 없어지면 천덕꾸러기 신세로 떨어지는 것은 한순간이다. 그게 어떤 기분인지 경험한 건 중학교 3학년, 딱 다경의 나이였다.

아빠의 외도로 부모님이 이혼하게 되자 세라가 알고 있던 세상은 산산이 부서졌다. 다른 여자와 바람

난 아빠가 끔찍해서 엄마와 함께 살겠다고 했지만, 엄마 생각은 달랐다. 혼자 먹고살기도 힘든데 너까지 키울 능력은 안 된다며 엄마는 세라를 매몰차게 내몰았다. 세라는 엄마에게 쫓겨난 뒤 짐 가방을 들고 아빠의 직장 앞에서 기다렸다.

퇴근길에 세라를 본 아빠는 인상부터 찡그렸다. 고심하던 아빠는 일단 근처 패스트푸드점에서 세라를 기다리게 하고 집으로 들어갔다. 새엄마와 상의를 하고 오겠다고 했지만 가게 문이 닫힐 때까지 아빠는 돌아오지 않았다. 자정이 지나 가게에서 나온 세라는 그 앞에 쪼그리고 앉아 아빠를 기다렸다. 마땅히 갈 곳이 없었다. 이대로 아빠가 데리러 오지 않으면 다시 엄마 집으로 가야 하나, 아니면 다른 곳을 찾아야 하나… 그런 생각을 하는 자신이 비참하게 느껴졌다.

이 세상에 처절하게 혼자 남겨진 기분을 그때 실감했다. 뒤늦게 엄마와 아빠가 나타나 세라가 보는 앞에서 한 시간을 싸운 끝에야 세라는 엄마와 함께 집으로 돌아올 수 있었다. 하지만 그날의 일로 받은 상처는 아직도 가슴을 욱신거리게 만들었다.

다경은 자신보다 더 암담한 상황이다. 티격태격하는 부모라도 세상에 살아만 있다면 어떻게든 버틸 수는 있다. 다경의 주변에도 친척이 있고 챙겨 줄 인연이 있을 테지만 부모와는 비교가 안 된다. 다경과 며칠 함께 지내는 동안 세라는 때때로 만약 자신의 집에서 다경이 계속 살게 된다면 어떨까 하는 생각을 하기 시작했다. 아마도 우려했던 것만큼 불편하지도 않고 오히려 집안의 분위기가 달라진 덕에 그런 생각을 하게 된 것 같다.

다경의 방에서 나온 세라는 민규의 방에 들어가 세탁할 옷가지를 챙기고 방 안을 한번 쓱 둘러본 뒤 아래층으로 내려왔다. 서재의 문을 열자 한숨이 절로 나왔다. 뱀이 허물을 벗듯 선규가 벗어 놓은 옷이 방 안에 놓여 있었다. 선규는 하던 걸 그대로 펼쳐 놓고 나가서 방 안에서 무슨 일이 벌어졌는지 한눈에 알 수 있다. 웬일로 책상 위에 책과 노트가 펼쳐져 있었다. 게다가 수학책. 몇 장이고 문제를 푼 흔적들이 있었다. 그러고 보니 어젯밤 세탁한 옷들을 드레스룸에 가져다 놓고 복도로 나오다 서재에서 들려오는 소리를 잠시 엿들었던 일이 생각났다.

선규와 다경이 이야기를 나누는 것 같았다. 아이들이 어떻게 지내는가 싶어 세라는 자신도 모르게 방문에 귀를 대 보았다. 방을 빼앗겨 며칠 짜증을 부리던 선규가 어느새 다경과 함께 공부를 하고 있었다. 둘의 대화를 들어 보니 함께 공부하는 게 처음이 아닌 것 같았다. 둘은 서로 문제를 내주기도 하고 답을 맞히기도 하면서 시간을 보내고 있었다.

선규가 수학은 안 풀겠다고 소리를 질렀고, 다경이 '수포자'가 되면 대학은 못 들어간다고 으름장을 놓았다. 형에게는 한 번도 도움을 받지 않던 선규가 어쩐 일인지 다경이 하는 구박은 덤덤히 받아들이며 수학 문제를 풀었다.

안방으로 돌아온 세라는 남편에게 눌이 공부하고 있었던 이야기를 해 주었다.

"게다가 수학 공부를 하고 있더라니까."

"선규가?"

"그래, 선규가! 다경이가 뭐라 하니까 찍소리 안 하고 문제를 푸는 것 같더라고."

"잘됐네. 수학은 포기한 것 같더니."

"그러게 말이야, 민규한테는 죽어도 안 배우겠다고 하던 애가."

"원래 가족한테는 배우기 싫은 거야."

"그런 게 어딨어? 형한테 배우면 훨씬 낫지."

"당신이 나한테 죽어도 운전 안 배우겠다고 한 것과 같은 심리야."

"그거야 당신이 너무 무시하니까…."

대꾸를 하다 보니 새삼 선규가 어떤 기분일지 깨달았다. 때로는 가족이라 더 거침없이 말하고 상처받기도 한다. 세라 눈에도 민규는 종종 '저러면 선규가 속상해할 텐데' 싶을 정도로 막말을 할 때가 있다. 선규가 자기 형 때문에 속상해하는 것을 본 뒤로는 세라도 형에게 배우라는 소리는 하지 않았다. 그렇게 가르쳐 준다고 해도 싫다고 하던 애가 군소리 없이 공부하는 모습을 보니 다경에게 고마운 마음이 들었다. 어쩌면 다경에게 자극받아 선규도 공부에 흥미를 가지지 않을까 싶었다.

"그런데 걱정이에요. 아직도 학교에 갈 생각은 없는 것 같으니…."

"어디 나가지도 않고?"

"그러니까요. 너무 방에만 있는 것도 안 좋을 텐데."

세라의 이야기를 듣던 남편이 지갑을 뒤져 카드를 건네줬다. 세라는 이게 뭔가 싶어 남편을 쳐다보았다.

"나가서 같이 식사라도 해. 자꾸 나가서 움직이면 기분도 나아지겠지."

"식사만?"

뭔 소리냐는 듯 남편이 쳐다보았다.

"새 옷도 한 벌 해 주고 싶다는 얘기지."

"그러든지."

남편의 옷까지 세탁기에 넣고 빨래를 돌리다가 뒤늦게 어젯밤 일이 떠올라 세라가 다시 다경의 방으로 올라갔다. 아침까지만 해도 기억하고 있었는데 다경이 집에 다녀온다고 하는 통에 미처 얘기를 못 꺼냈었다.

마침 다경이 방에서 나오고 있었다.

"어디 가게?"

"아뇨, 그냥 서재에서 책이라도 좀 볼까 하고요."

"그러지 말고 지금 외출 준비해. 아줌마랑 점심 먹으러 나가자. 괜찮지?"

잠시 머뭇거리던 다경은 고개를 끄덕이고 방으로 들어갔다. 세라도 서둘러 준비를 마치고 거실로 나왔다.

세라는 강남의 백화점으로 차를 몰았다. 어느새 날이 더워져 차 안이 살짝 후덥지근했다.

"에어컨 켤까?"

"아뇨, 괜찮아요."

다경은 창문을 열고 바람을 쐬며 거리의 풍경을 바라보았다. 혹시 또 외출을 해서 피곤한 건 아닌가 신경이 쓰였다. 다행히 백화점에 도착한 다경이 파스타가 먹고 싶다고 해서 식당가부터 먼저 들렀다.

"아줌마는 어떤 음식 좋아하세요? 안 좋아하는 음식도 있어요?"

"음 나는 딱히 가리는 거 없는데? 해산물은 다 좋아하고. 다경이는?"

"저도 해산물 좋아해요. 면도 좋아해요."

"그래서 파스타 먹자고 했구나?"

두 사람은 평범한 모녀처럼 각기 다른 파스타와 샐러드를 시켜 나눠 먹었다.

식사를 마친 뒤 세라는 다경을 데리고 여성 의류가 있는 층으로 향했다.

"맘에 드는 거 골라 봐."

세라의 제안에 다경은 전혀 생각지 못했다는 표정으로 바라보았다.

"곧 여름이니까 시원한 원피스 같은 거 어때?"

"아니, 저는 괜찮아요."

"아줌마 혼자만 사면 미안해서 그러지."

세라의 말에 다경은 하는 수 없다는 듯 고개를 끄

덕였다.

막상 쇼핑이 시작되자, 다경은 가게에 진열된 옷들에 관심을 보이며 하나씩 꺼내 몸에 대 보기 시작했다. 각자 옷을 고르기도 하고 서로 고른 옷을 보며 잘 어울리는지 봐 주기도 하면서 백화점 매장을 돌아다녔다.

둘 다 마음에 드는 옷을 사서 주차장에 내려간 뒤에야 쇼핑하느라 두 시간이나 보낸 것을 알게 되었다. 기분이 가라앉아 있던 다경의 표정이 한결 밝아진 것 같아 세라의 마음도 만족스러웠다.

"이렇게 가끔 같이 나오자. 아줌마도 딸 생긴 것 같아서 너무 좋네."

세라는 집으로 돌아오는 길에도 아들을 키우면서 아쉬웠던 이야기를 해 주었다. 어느 순간 대꾸가 없어 쳐다보니 다경이 피곤했는지 눈을 감고 창 쪽으로 고개를 떨구고 있었다. 잠이라도 든 모양이었다. 세라는 다경의 잠을 방해하지 않도록 운전에 집중했다.

집으로 돌아오는 동안 세라는 문득 '다경이를 우리

가 키우면 어떨까' 하는 생각을 했다. 어릴 때부터 자라는 것을 봐 왔으니 이미 가족이나 다름없다. 민규나 선규와도 친남매처럼 잘 어울린다. 무엇보다 다경이 자신의 친척들보다 이 집에 와 있고 싶어 했다는 게 세라의 마음을 움직였다. 다경이 그만큼 자신들을 믿고 의지하고 있다고 생각하니 어떻게든 힘이 되어 주고 싶었다. 그냥 같이 사는 게 아니라, 정식으로 입양을 할 수도 있겠다는 생각이 들었다.

남편이 어떻게 생각할지는 알 수 없지만 둘도 없던 친구의 딸이니 자신보다 먼저 그런 선택을 고려해 봤을지도 모른다는 생각이 들었다. 어쩌면 다경을 데리고 온 것도 그런 이유 때문이 아닐까 싶었다. 하지만 이건 쉽게 말을 꺼낼 수 있는 문제가 아니다.

좀 더 지켜보면서 천천히 생각해도 늦지 않다. 잠시 머무는 것과 함께 살게 되는 것은 다르다. 아이들 생각도 들어 봐야 한다. 만약 함께 살게 된다면 좀 더 넓은 집으로 이사를 가야 할 수도 있겠지. 지금처럼 선규를 언제까지 남편의 서재에서 지내게 할 수는 없으니.

한번 시작된 공상은 사방으로 정신없이 뻗어 나갔다. 집에 도착할 때는 이미 다경의 결혼식에서 신부 부모석에 앉아 있는 자신을 떠올리고 있었다.

시동을 끈 세라는 가볍게 다경의 어깨를 흔들어 깨웠다. 눈을 뜬 다경은 낯선 곳에 온 것처럼 주위를 두리번거렸다.

"집에 다 왔어. 내리자."

세라는 뒷좌석에 있는 가방들을 챙겨 대문으로 향했다. 먼저 내려 기다리고 있던 다경이 팔을 내밀어 세라의 허리를 감싸안았다. 갑작스러운 다경의 행동에 잠시 멈칫했지만, 세라도 곧 다경을 안아 주었다.

학교를 마치고 돌아오던 선규가 두 사람을 보고는 걸음을 멈추었다.

"뭐 하고 있어, 이것 좀 들어."

세라는 아들에게 가방을 내밀었다.

아빠, 정환

출근을 위해 집을 나서던 정환이 문득 집 쪽으로 시선을 돌렸다.

2층 선규의 방 창문에 다경이 서 있는 모습이 보였다. 정환은 이른 아침부터 자신을 내려다보고 있는 다경의 시선이 신경 쓰였다.

다경이 창문에 서 있는 건 오늘만이 아니다. 이 집에 온 다음 날부터 다경은 정환이 출근하는 모습을 2층 창가에서 지켜보았다. 배웅을 하는 것이라 생각하고 손을 흔들었지만 다경은 꼼짝하지 않고 쳐다보기만 했다. 처음에는 낯선 집에 온 불안함 때문이라고 생각했다. 그러나 매일 말없이 지켜보고 있는 것을 보자니 점점 이상한 생각이 들었다.

자동차에 오른 정환은 주택가를 빠져나와 올림픽대로로 향했다. 길이 막히지 않는다면 사무실까지는 30분이 채 안 걸린다. 운전을 하며 머리로는 오늘 회사에서 처리해야 할 문제들에 대해 생각했다. 경호가 죽고 난 뒤 해야 할 것들이 너무나 많았다.

경호가 맡았던 설계도에 대한 진행 상황도 체크해야 하고 직접 건축주들을 만나 현재 회사의 상황에 대해 설명도 해야 했다. 앞으로 계약관계를 어떻게 할 것인지, 계속 건축을 맡긴다면 일정을 어떻게 할 것인지 조율해야 한다. 진행하고 있는 건이 한두 개가 아니라 현황 파악을 위해 계속 사무실에서 회의가 이어졌다.

하루 종일 바쁘게 움직이다 보니 경호에 대한 생각에서 조금은 벗어날 수 있었다. 집에 돌아가 다경을 보면 다시 경호의 죽음이 떠올랐지만 이미 벌어진 일이니 받아들이고 살아야 한다고 생각했다.

미사대교를 지나 덕소로 빠질 즈음 조수석에 놓아 둔 가방에서 핸드폰이 울렸다. 정환은 전방을 주시하면서 오른손으로 가방 속을 뒤졌다. 가방에서 핸드폰을 꺼내 화면을 확인했다. 경호의 이름이 찍혀 있었다.

놀란 정환은 핸드폰을 집어 던졌다. 열흘 전에 장례를 치른 사람이다. 죽은 사람이 되살아났을 리는 없다. 조수석 바닥에 떨어진 핸드폰이 계속 울렸다.

정환은 주위를 확인하고 근처 주유소 앞에 차를 세웠다. 안전벨트를 풀고 손을 뻗어 핸드폰을 들자 기다렸다는 듯 벨 소리가 꺼졌다. 화면을 켜서 전화번호를 확인해 보니 역시 저장해 둔 경호의 연락처가 맞았다. 망설이던 정환은 통화 버튼을 눌러 전화를 걸었다.

신호음이 갔지만 몇 번 울리다 꺼졌다. 그제야 놀란 마음이 조금 진정이 되었다. 귀신이 전화를 했을 리는 없다. 도대체 누가 이런 장난을 치는 건가 싶었다. 그대로 핸드폰을 넣으려다 다시 한번 전화를 걸었다. 누가 전화를 거는지 알고 싶었다.

"지금 거신 전화는 연결이 되지 않으…"

방금까지 신호음이 울리던 전화번호가 연결이 되지 않는다는 안내와 함께 끊어졌다. 정환은 이 상황을 이성적으로 판단해 보려 했다.

누군가 경호의 핸드폰으로 연락했다는 게 가장 합리적인 설명이다. 문제는 누가 경호의 핸드폰으로 연락을 했는지다. 차라리 바로 전화를 받아 확인하는 게 나을 뻔했다. 께름칙한 기운과 함께 궁금증이 커져 갔다.

정환은 다시 자동차에 시동을 걸어 도로로 진입했다. 집에서 나올 때 보았던 다경의 얼굴이 떠올랐다. 거리가 있어 분명하지는 않지만 다경의 얼굴에서는 어떤 감정도 느껴지지 않았다. 가족과 함께 있을 때는 말도 곧잘 하고 기분도 나아진 것 같았는데 창가에 서 있는 모습은 묘하게 차가워 보였다. 어쩐지 마음이 편치 않았다.

다시 한번 왜 아침마다 자신이 출근하는 모습을 지

켜보고 있는지 궁금해졌다.

"발인하는 날 같이 가실 거죠?"

조문을 갔을 때 다경이 배웅을 하며 물었다. 침울하게 가라앉아 있는 다경의 표정을 보고 이내 고개를 끄덕였다.

"당연하지. 다시 올게. 내일 보자."

주차장에 도착해 운전석에 타려 하자 민규가 쳐다보았다.

"아빠, 아까 술 마시지 않았어요?"

정환은 그제야 자신이 회사 직원들과 술을 나눠 마셨다는 것을 깨달았다. 정환은 아내에게 자동차 키를 건네주고 조수석으로 자리를 옮겼다. 이럴 때 아내가 운전할 줄 안다는 게 다행이다 싶었다.

자동차 시동을 걸고 출발하려던 아내가 건물 밖에 서 있는 다경의 모습을 발견하고 중얼거렸다.

"여보, 우리 배웅하는 것 같은데? 밖에까지 나와서…"

아내의 말에 정환도 다경을 쳐다보았다. 잠시 정환의 차를 쳐다보던 다경은 다시 장례식장 건물 안으로 들어갔다.

"아이고 참… 불쌍해서 어째. 얼마나 충격을 받았는지 넋이 나간 것 같더라."

정환은 아내의 말에 아무런 대답도 할 수가 없었다. 횅한 얼굴로 영정 사진을 쳐다보던 다경의 얼굴이 떠올랐다. 그 마음속이 어떨지 가늠조차 되지 않았다. 아직도 모든 게 꿈처럼 느껴져 정환은 두 눈을 질끈 감았다. 마지막 경호의 얼굴이 잠시 눈앞에 나타났다 사라졌다.

다음 날, 발인을 앞두고 회사 사람들과 함께 와 있던 정환은 관을 든 행렬 맨 앞자리에 서서 운구차에 친구를 실었다. 생각해 보면 삼십 년 지기 친구에, 십 년이 넘는 시간 동안 둘은 누구보다 좋은 사업 파트너였다. 최근 몇 달간 사이가 안 좋아지기는 했지만, 그래도 둘 사이가 이렇게 끝날 줄은 생각도 못 했다.

운구차가 화장장에 도착하자 두 구의 관은 각기 다

른 화장로로 들어가 세상과 작별했다. 화로의 문이 내려가면서 친척들의 울음소리가 터져 나왔다. 친척들 사이로 보이는 다경은 입술을 깨물고 울지 않았다. 정환은 어린 다경이 이런 일을 겪게 된 게 너무나 유감이었다. 친구의 딸이지만 정환에게도 딸과 다름없었다.

화장이 끝나기를 기다리는 동안 건물 밖 입구에서 서성였다. 시간은 더디게 흘렀고 친구 경호와 함께 겪었던 여러 일들이 주마등처럼 스쳐 갔다. 그와 동시에 여러 감정들이 밀려들었다 사라졌다.

다경이 정환에게 다가왔다. 어느새 이렇게 자랐나 싶게 키가 껑충하게 보였다. 며칠 사이 야윈 탓에 더 그렇게 느껴졌다.

"아저씨, 물어보고 싶은 게 있어요."

"그래. 얘기해."

"아빠를 마지막으로 본 게 언제예요?"

"열흘 전쯤인가? 날짜는 잘 모르겠네. 왜?"

"어제 아저씨 가고 형사들이 다녀갔어요."

"그래? 형사들이 뭐라고 했는데?"

정환의 목소리가 커졌다. 주변에 있던 사람들이 힐끗 돌아보는 게 느껴졌다. 정환은 다경을 데리고 한적한 곳에 있는 벤치로 향했다. 다른 사람에게서 떨어져 조용히 이야기하고 싶었다.

"형사들이 뭐라고 했어?"

"왜 밤에 나갔는지 물었어요. 나는 모르는데… 나는 아무것도 모르는데."

"다른 얘기는?"

다경은 고개를 저었다.

"아저씨, 아빠가 왜 그 밤에 나갔는지 아세요?"

"나도 모르겠다. 요즘 현장에 다니느라 못 봤어. 조만간 만나서 저녁 먹기로 했는데."

"마지막으로 통화한 건 언젠데요?"

"그게 며칠이더라? 그건 왜?"

"아니, 그냥 무슨 이야기라도 들었나 하고요."

한동안 다경은 말없이 하늘을 올려다보았다. 맑은 5월의 하늘이 무심하게 푸르렀다. 어디선가 소쩍새우는 소리가 들렸다. 가만히 듣던 다경이 생뚱맞은 이야기를 꺼냈다.

"…아저씨 소쩍새가 왜 소쩍새인지 아세요?"

"모르겠는데?"

"솥 적다, 솥 적다. 그런 말이래요. 옛날에 아이들을 굉장히 미워한 계모가 있었는데, 남편이 돈을 벌러 간 사이 자식들에게 밥을 안 줘서 굶겨 죽였대요. 돌아온 남편에게는 돌림병에 걸려 아이들이 죽었다고 거짓말을 하고요. 자식들은 죽어서 새가 되었고 그 집 나무에 앉아 계속 솥 적다, 솥 적다 하고 울었대요. 남편이 너무 이상해서 마을 사람들한테 새 울음소리에 대해 물어봤고 그제야 계모가 아이들을 죽인 걸 알게 되었대요."

어디선가 들은 것 같기도 하다. 그런데 다경이 왜 갑자기 이런 이야기를 할까? 어쩌면 현실을 잊고 싶어 아무 말이나 하는 게 아닌가 싶기도 했다.

"…슬프고 잔인한 이야기예요."

"이제 시간이 된 것 같은데, 들어가 볼래?"

시간이 꽤 흐른 것 같아 정환이 자리에서 일어났다. 옆에 앉아 있던 다경이 정환의 옷소매를 잡아당겼다. 돌아보니 다경이 말간 눈으로 쳐다보았다. 그러고는 잠시 머뭇거리다 정환에게 물었다.

"…저 아저씨네 집에서 좀 지내면 안 돼요?"

갑작스런 다경의 말에 당황한 정환은 자신의 옷소매를 잡고 있는 다경의 손을 보았다. 손등의 힘줄이 보일 정도로 힘이 들어가 있었다. 차마 뿌리칠 수 없었다. 정환은 다경의 손을 마주 잡았다.

"…원하면 그렇게 해. 민규 엄마한테는 내가 얘기해 놓을 테니까."

원하는 대답을 들은 다경은 그제야 마음이 놓인다는 듯 정환을 향해 미소를 지어 보였다. 정환은 자리에서 일어나 화장터 건물로 걸음을 옮기는 다경의 뒤를 따라가며 다경이 했던 말을 떠올렸다. 형사들이 다녀갔구나.

다경이 아빠와 연락이 되지 않는다고, 회사에 출근했는지 물었을 때 정환은 자기도 연락을 해 보겠다며 무슨 일인지 모르니 우선 기다려 보라고 했다. 하루가 지나도 상황이 변함없는지 다경이 다시 전화를 걸어왔고, 정환은 경찰에 실종 신고를 하라고 얘기했다. 자신도 갈 만한 곳을 알아보겠다고 했다.

그로부터 사흘 뒤 경호의 부고 소식을 들었다. 현장에 나가 있던 정환은 놀라 부고장에 적힌 전화번호로 연락을 했다. 경호의 사촌 형이라는 사람이 전화를 받았다. 정환이 경호와 함께 건축사무소를 운영하고 있는 친구라는 것을 확인하자 그가 간단히 상황을 설명해 주었다.

경찰에 실종 신고를 내고 얼마 되지 않아 저수지에서 경호의 자동차가 발견되었다고 한다. 저수지에 낚시를 온 사람들이 밤낚시를 준비하다가 저수지 물속에서 이상한 불빛을 발견하고 경찰에 신고를 한 모양이었다. 신원 확인을 하는 과정에서 실종 신고가 들어온 사람이라는 것을 알게 되었다고 했다.

사촌 형의 말로는 사고사인지, 자살인지, 타살인지 불분명해 현재 경찰이 수사를 진행 중이고, 경호 부부는 부검을 마치고 장례식장에 도착해 장례를 치를 준비를 하는 중이라고 했다. 정환은 머리를 한 대 맞은 것처럼 정신이 혼미했다. 전혀 예상하지 못한 일이었다. 전화를 끊자마자 이번에는 회사에서 전화가 걸려 왔다. 부고 연락을 받은 직원이었다. 회사 사람들도 충격을 받은 것 같았다. 도대체 무슨 일이냐고 물었지만 정환도 답답하긴 마찬가지였다. 장례식장에서 만나기로 하고 전화를 끊었다.

아내와 큰아들을 데리고 장례식장에 간 정환은 그제야 친구 경호가 죽었음을 실감했다. 함께 이루고 싶은 것들도 많이 있었는데 도대체 왜 이런 일이 생겼는지 가슴이 아팠다. 겨우 정신을 차리고 회사 사람들과 인사를 나누며 마음을 추슬렀다. 누군가 옆에서 주워들은 이야기를 전해 주었다.

"경찰이 일찍 발견한 게 기적이라고 했대요. 거기는 낚시꾼이 오는 곳도 아닌데, 누가 낚시하러 온 것도 그렇고 낮이면 안 보였을 텐데 하필 밤낚시를 와서 물속으로 자동차 불빛이 보였던 거라네요."

"자동차 불빛?"

정환이 물어보자 다른 직원이 말을 이었다.

"아마 저수지로 빠지면서 차체가 앞으로 기울었고, 그러니 몸도 자연스럽게 아래로 쏠리면서 브레이크 등을 누른 게 아닌가 추측하더라고요. 그게 아니었으면 찾기 진짜 힘들었을 텐데."

"저수지가 마르기 전에는 거기 자동차가 있는지도 몰랐을 테지."

"이렇게 빨리 찾아서 다행이에요. 안 그랬으면 그냥 행방불명으로 아무도 못 찾았을 것 같아요."

"이 대표님은 정말 하늘이 도우신 거네요."

직원들의 이야기를 들으며 정환은 기묘한 기분이 들었다. 갑자기 속이 뒤틀려 앉아 있기가 힘들었다. 정환은 직원들과 인사를 한 뒤 장례식장을 나왔다.

화장장에서 다경에게 들은 이야기를 떠올리며 그 뒤로 수사 상황이 어떻게 진행되고 있는지 궁금해졌다. 다경이 집에 오면 더 자세한 이야기를 나눌 기회가 생기리라 생각했다.

예상과 달리 다경이 집에 온 뒤로 제대로 대화를 나눌 시간도, 얼굴을 볼 시간을 내기도 어려웠다. 경호의 빈자리가 정환을 바쁘게 만들었다.

경호의 사무실에 도착한 정환은 직원들을 모아 놓고 간단히 업무 지시를 했다. 경호가 하던 설계 중 하남의 강변 카페는 다른 직원이 맡아서 마무리를 하기로 했다. 앞으로 한동안은 자신이 양쪽을 오가며 업무를 보고, 두 사무실을 하나로 합칠지 경호의 사무실을 맡길 새로운 책임자를 물색할지는 나중에 논의하기로 했다.

광주시 퇴촌에 있는 건축 현장에 도착한 정환은 건축주를 만나 공정 진행 상황을 확인하고 구조 도면과 비교해 가며 확인도 시켜 주었다. 건축주도 경호의 소식을 알고 있어서 위로를 전했다. 계곡을 낀 산비탈에 규모가 꽤 있는 카페의 설계를 의뢰한 건축주는 경호와 몇 번이나 이곳을 방문하고 설계를 수정했다. 함께 완성되어 가는 카페를 보고 싶었는데 안타깝다는 이야기를 전했다. 건축주를 보내고 점심이 되어서야 정환은 사무실로 넘어갈 수 있었다.

사무실에 도착하니 생각지도 못한 손님이 기다리고 있었다. 다경이 정환 또래의 남자와 함께 와 있었던 것이다. 다경은 남자를 이모부라고 소개했다. 눈이 날카롭고 다부진 인상을 가진 사람이었는데, 장례식장에서도 얼핏 본 기억이 났다. 그가 정환에게 명함을 내밀었다. 명함에는 부동산 전문 법무사라고 적혀 있었다. 이따금 경호에게 이야기를 들은 적이 있는 것도 같았다.

"이 서방에게 얘기 많이 들었습니다."

경호는 어떤 이야기를 했을까? 다경의 이모부는 바로 본론으로 들어갔다.

"일이 이렇게 황망하게 되니 경황이 없었습니다. 누구 하나 전적으로 일을 도와야 하지만 다들 자기 먹고사는 게 바쁘다 보니… 그래도 다경이 혼자 할 수 있는 일도 아니고 해서 집안 어른들과 상의를 해서 제가 나서기로 했습니다."

"…그럼 제가 뭘 도와드리면 될까요?"

"이 서방과 동업을 하시는 걸로 알고 있는데, 건축 사무소의 규모와 재정 상태, 각자의 지분, 현 매출이익 등을 전반적으로 알려 주셨으면 합니다."

두 사람 사이에서 이야기를 듣는 둥 마는 둥 사무실 안을 둘러보던 다경은 근처에 있는 여직원에게 다가가 편의점에 가고 싶다며 함께 가 달라고 부탁했다. 직원은 정환의 눈치를 보더니 다녀오라는 허락을 맡고는 이내 다경과 함께 사무실을 나갔다.

둘이 나가는 모습을 본 정환은 다경의 이모부에게 회의실로 자리를 옮겨 달라고 하고 자리에서 일어났다. 다경의 이모부와 마주한 정환은 잠시 남자의 인상을 살폈다. 지금은 그의 요구를 들어줄 상황도 아니고 그러고 싶지도 않았다. 그를 돌려보낼 수 있는 무슨 좋은 방법이 없을까.

그때 장례식장을 다녀온 뒤 아내가 했던 이야기가 생각났다.

어린아이밖에 남지 않았다고 친척들이 먹잇감을

찾는 하이에나처럼 달려들 기세라고 했다. 아이를 캐나다로 데려간다느니, 상속 자격도 없는 외갓집에서 누가 먼저 죽었느냐를 따진다는 둥 입방아들을 찧어 댄 모양이었다. 장례식장에서 그런 소리를 해 대는 인간들이 끔찍하다고 아내가 치를 떨었다.

정환은 잠시 생각을 정리한 뒤 법무사라고 하는 남자에게 말했다.

"갑작스럽게 오셔서 당장 준비는 어려울 것 같습니다. 친구를 잃은 저도 경황이 없습니다. 나중에 제가 다시 연락을 드리면 어떨까요?"

"있는 회계장부 보는 게 어려운 일은 아닐 텐데요?"

"다경의 대리인으로 위임받으신 겁니까?"

"네? 아니… 따로 위임받거나 한 건 아니지만… 다경이가 도와달라고 하니 온 겁니다."

남자는 다경이라는 말에 힘을 주며 정환을 노려보았다. 다경이 원하니 문제가 없다는 식이었지만 정말 문제가 없는 상황이라면 그런 말을 하지 않았을 것이다.

"잠깐만 기다려 주십시오. 중요한 문자가 왔네요."

정환은 잠깐 시선을 돌리고 문자를 하는 척하며 이 상황을 검색해 보았다. 답은 금방 나왔다. 정환은 다시 자세를 고쳐 앉고 남자와 시선을 마주했다.

"우선 저희 회사의 회계장부는 함부로 외부인에게 보여 드릴 수가 없습니다."

"아니, 그게 왜 안 된다는 겁니까? 우리 다경이 앞으로 어떤 재산이 있는지 파악 좀 하겠다는데."

"본가, 경호네 친족들과는 협의를 하셨습니까?"

남자는 얼핏 당황한 기색을 보이다가 다시 눈을 치켜떴다.

"거긴 캐나다로 다 이민 가서 다경이를 챙겨 줄 사람이 없어요."

"외가가 본가와 상의도 없이 임의로 후견인처럼 행동한다면 법적으로 문제가 될 텐데요?"

"아니, 법적으로 뭐가 문제라고."

"지금 이렇게 정식으로 선임되지 않은 상태로 후견인을 자처하고 차후 다경이가 물려받게 될 재산을 조사하거나 관리하려 드시는 건 불법입니다. 자칫하면 횡령이나 친족 상속 분쟁으로 번질 수도 있습니다."

"나는 다경이를 위해서…."

정환은 다시 한번 남자의 말을 잘랐다.

"제가 경호네 형제들한테 전화 한번 걸어 볼까요?"

남자는 정환의 기세에 눌려 쉽게 입을 열지 못했다. 입을 달싹거리던 남자는 자리를 박차고 일어나며 성질을 냈다.

"내가 후견인 선임돼서 다시 올 테니 그때 봅시다!"

그는 회의실을 나가 두리번거리더니 그대로 사무실을 나가 버렸다. 정환은 그제야 안도의 숨을 내쉬었다. 남자가 나가고 1분도 되지 않아 다경이 바나나 우유를 빨대로 마시며 들어왔다.

정환이 회의실을 나와 다경에게 다가갔다.

"이모부는 가셨다."

"앞에서 만났어요."

"어떻게 오게 된 거야?"

다경은 접대용 소파에 앉아 남은 우유를 마신 후

대답했다.

"어떻게 됐어요? 이모부가 막 화를 내며 가시던데?"

뭐라고 얘기해야 할지 머뭇거리자 다경은 이미 다 알고 있다는 듯 크게 고개를 끄덕거렸다. 말하지 않아도 이 상황을 그다지 달갑지 않아 하는 건 느낄 수 있었다. 다경이 전화로 도움을 청했다는 말도 거짓말 같았다.

"뭐, 어른들 얘기 뻔하고 관심 없어요. 저도 그만 가 볼게요."

"곧 점심땐데 같이 점심 먹을까?"

정환이 자리에서 일어나는 다경을 보며 말했다.

"차 타고 조금 나가도 돼요? 바람 좀 쐬고 싶어요."

"되고말고. 어디로 갈까?"

정환이 다경을 데리고 나와 차에 태우고는 자신도 운전석에 앉았다. 그렇게 국도를 달리다 백반집 간판을 보고 방향을 꺾었다. 간판만 보고도 어떤 집이 맛집인지 알려 주던 경호가 생각났다.

'너무 요란하지 않게, 딱 "우리는 이것만 해!"라는 자신감이 보이는 간판이 있어. 거기에 오래되어 보이지만 깨끗하게 관리가 되어 있으면 끝이지.'

'간판이 다 같지 뭐.'

'잘 관찰해 보면 안다니까. 뭐 기본적으로 이런 국도에서 오래 영업을 하고 있다면 일단 믿을 만한 곳이긴 해.'

경호의 다정한 말투와 유쾌한 웃음소리가 바로 옆에서 들리는 듯했다. 경호식 간판 구별법으로 들어온 식당은 푸짐하면서도 정갈했다. 열 개가 넘는 반찬과 두 개의 찌개, 따뜻한 밥이 한 상 가득 차려졌다. 다경은 배가 고팠는지 한동안 먹는 것에 집중했다. 정환은 잠시 다경이 먹는 모습을 지켜보다가 넌지시 물었다.

"우리 집에서 지내는 건 괜찮아? 불편한 점은 없고?"

다경이 먹는 것을 멈추고 잠시 뭔가를 생각하더니 이내 고개를 흔들었다.

"네, 괜찮아요."

"네가 원하는 만큼 있어도 돼. 불편한 거 있으면 언제든지 얘기하고."

"그럴게요."

"형사는… 다시 연락 없었어? 수사를 계속 하고 있는 거야?"

"모르겠어요. 전화해도 안 받아요."

"…전화를 했었어?"

다경이 수저를 뜨다 말고 정색을 하고 자세를 고쳐 앉았다. 표정에는 답답함이 가득했다.

"아저씨 이게 말이 돼요? 어떻게 대한민국 경찰이 이런 거 하나 바로 해결을 못 하고 있는 거죠? 궁금해서 전화하면 좀 기다려 보라고만 하고, 지금 바쁘다고 하고. 이제는 전화도 안 받아요."

"내가 한번 전화를 해 볼까?"

"됐어요. 아저씨도 바쁘신 거 같은데."

"아니야. 내가 한번 연락해 볼게. 전화번호 줄래? 나도 수사가 어떻게 진행되고 있는지 알아야지. 경호는 내 친구이기도 하잖아."

다경은 빤히 정환을 쳐다보더니 핸드폰을 꺼내 전화번호를 불러 주었다.

정환은 진심으로 수사가 어떻게 진행되고 있는지, 경찰은 이 사건을 어떤 쪽으로 판단하고 있는지 알고 싶었다.

밥을 다 먹은 다경이 물을 마시며 중얼거렸다.

"형사들은 드라마도 안 보나 봐요."

"드라마?"

"〈셜록〉이나 〈크리미널 마인드〉, 〈악의 마음을 읽는 자들〉 그런 거요. 아, 〈그것이 알고 싶다〉 같은 것도요. 우리 식구 다 수사물 좋아해서 일요일마다 같이 보고 범인 맞히기 했었거든요."

"그런 취미가 있는 줄은 몰랐네."

"그런 걸 보다 보니 세상엔 정말 끔찍하게 나쁜 인간이 많다는 생각을 했어요."

다경은 어딘가 먼 곳에 시선을 두고 중얼거렸다.

"나는 찾아낼 거예요. 엄마 아빠를 그렇게 죽게 만든 사람. 찾아내서… 가만두지 않을 거예요."

먼 곳을 보던 다경의 시선이 정환에게로 향했다. 다경의 눈빛은 얼음을 떠오르게 할 만큼 차고 깊었다.

식당에 틀어 놓은 에어컨 때문인지 갑자기 한기가 돌았다. 정환은 팔뚝에 소름이 돋는 것을 느꼈다.

누이, 다경

†

이상하게 개운한 아침이었다. 눈을 떠 보니 오전 6시 29분.

침대에 누운 채 길게 기지개를 켠 다경은 발가락을 까닥거리며 노래를 흥얼거렸다. 잠시 후 다경이 흥얼거리던 노래가 핸드폰에서 흘러나왔다. 6시 30분을 알리는 알람이었다. 이럴 때 기분이 좋다. 알람에 의지하지 않아도 딱 제시간에 눈이 떠지는 것. 그건 자신에게 걸어 둔 암시가 제대로 작동했다는 뜻이니까.

침대에서 일어나 창문을 여니 유난히 청명한 하늘이 눈에 들어왔다. 티끌 하나 없이 푸른 하늘에 다경은 자기도 모르게 깊은숨을 들이쉬었다.

가벼운 발걸음으로 거실에 나가 보니 웬일로 조용했다. 이 시간이면 엄마가 거실 한편에 요가 매트를 깔고 스트레칭을 하거나, 베란다 화분에 물을 주고 있어야 하는데… 늦잠을 주무시나?

그제야 생각났다. 어젯밤 외출하는 아빠를 따라 엄마도 산책 겸 같이 나갔다 오겠다고 했다. 부모님이 나간 뒤 다경은 방에 들어가 인강을 듣고 영어 듣기 평가 기출문제를 풀었다. 그러고는 11시가 되어 잠자리에 들었었다.

욕실에 들어가 샤워를 하고 머리를 말리고 난 뒤에도 아무런 인기척이 없었다. 이쯤 되면 주방에서 아침을 준비하는 소리가 들려야 하는데.

"엄마."

욕실에서 나온 다경은 안방으로 다가가 문을 두드렸다.

"엄마, 아직 자?"

돌아오는 것은 묵묵무답뿐. 다경은 잠시 기다리다

조심스레 문을 열었다. 안방에는 아무도 없었다. 침대는 가지런히 정리되어 있었다.

'이상하다, 어제 안 들어오신 건가? 아니면 아침 일찍 나가신 건가?'

다경은 자기 방으로 가 핸드폰을 들고 엄마에게 전화를 걸었다. 몇 번이나 신호음이 울렸지만 통화로 연결되지는 않았다. 심지어 아빠의 핸드폰은 꺼져 있었다.

도대체 어디 가신 거지? 어젯밤에 그냥 물어볼 걸 그랬다. 이따금 둘만 한강공원에 나가거나 근처 호프집에 가서 가볍게 한잔하고 들어오곤 하니 이번에도 그럴 거라고 생각했다. 이렇게 말도 없이 연락이 안 되는 경우는 없었다.

조금 전까지만 해도 상쾌했던 기분에 불길한 연기가 피어나기 시작했다. 가슴이 두근거렸다. '설마 하니 무슨 일이 생겼겠어?' 하는 생각과 '혹시 안 좋은 일이 생긴 건 아닌가' 하는 생각이 메트로놈의 바늘처럼 정신없이 왔다 갔다 했다.

아니야, 어디선가 읽은 책에서 그랬어. 인간의 걱정 중 98퍼센트는 일어나지 않을 일이라고. 만약 무슨 일이 있었다면 연락이 왔을 거야. 다경은 그렇게 생각하며 학교에 갈 준비를 했다.

학교에 가서도 수업에 집중이 되지 않았다. 엄마와 연락이 닿기 전까지는 불안한 기분을 떨쳐 낼 수 없으리라. 쉬는 시간에도, 점심시간에도 핸드폰으로 연락을 해 보았지만 엄마는 전화를 받지 않았다. 다경은 이럴 때 어떻게 해야 하는지 검색해 보았다. 부모님의 지인들에게 연락해 보라는 글을 읽었지만 알고 있는 전화번호가 없었다.

아빠 사무실로도 전화를 걸어 봤지만, 그쪽 직원 역시 아빠와 연락이 닿지 않아 곤란해하고 있었다. 다경은 직원에게 정환의 연락처를 알려 달라고 했다. 곧 전화를 걸었지만 그 역시 아는 것이 없는 것 같았다.

"혹시 무슨 일이 생긴 건지 모르니까 일단 기다려 봐. 나도 틈틈이 전화해 볼게."

아저씨는 그렇게만 말하고 전화를 끊었다.

시간이 지날수록 다경의 불안은 커져만 갔다. 학교가 끝나자마자 인근 파출소에 가서 사정을 이야기했다. 경찰은 다경의 설명을 듣고도 전혀 서두르는 기색이 없었다. 어른들의 사정이라는 게 있을 수 있으니 일단 기다려 보라고만 했다. 혹시나 엄마가 집으로 돌아와 있지 않을까 싶어 학원도 빼먹고 집으로 달려갔지만 아파트는 다경이 나갔을 때 그대로였다.

날이 어두워지자 불안은 확신으로 굳어졌다. 인근의 큰 병원 응급실에 전화를 걸어 혹시 사고로 들어온 환자 중 부모님이 없는지 확인했다. 어느새 부모님과 연락이 안 된 지 만 하루가 넘어가고 있었다. 다경은 이모에게 전화했다. 다경의 이야기를 들은 이모는 그길로 다경의 집에 달려왔다. 이모의 얼굴에 비치는 불안과 두려움을 보자 다경은 무서워졌다.

별일 아니라고, 곧 집에 올 테니 네 할 일 하면서 기다리라고 했으면 이렇게 겁에 질리지는 않았을 것이다. 걱정이 가득한 이모의 얼굴을 보는 순간 뭔가 잘못되었다는 생각이 현실로 확 다가왔다.

이모가 주변 사람들에게 이럴 땐 어떻게 해야 하는지 물어보는 동안 다경은 안방으로 들어가 혹시나 단서가 될 만한 것이 있는지 찾아보았다. 엄마의 화장대 서랍을 뒤지고 아빠의 책상이 있는 작은 방에도 들어가 보았지만 딱히 눈에 띄는 것은 없었다.

"다경아, 어제 엄마랑 아빠 어디 간다고 하고 나갔어?"

전화를 끝낸 이모가 다경에게 지난밤의 상황을 다시 물었다. 다경은 다시 어젯밤 일을 떠올렸다.

"저녁 먹고 한 시간쯤 지난 뒤에 아빠가 누구 만나러 간다고 했던 것 같아요."

"그때가 몇 시야?"

"한 8시? 잠깐만요."

다경은 주방에 나와 주스를 챙기다 외출하는 부모님과 마주쳤고 부모님이 나간 뒤 친구의 카톡을 받았다. 그때 받은 카톡의 시간을 확인하면 부모님이 외출한 정확한 시간을 알 수 있겠지.

"아, 오후 8시 7분이었어요."

"둘이 같이 만나러 간다고 했어?"

"아빠 약속인데 엄마가 따라간 것 같아요. 아빠가 혼자 간다고 했는데 엄마가 소화도 시킬 겸 산책하겠다고 했거든요."

"누굴 만나러 가는지 말하지는 않았어?"

"…네."

이모는 입술을 깨물며 생각에 잠긴 듯하더니 이어서 말했다.

"어떤 차림이었어? 정중한 차림? 아니면 편한 차림이었니?"

"편한 차림이었어요. 그래서 엄마가 따라 나간 것 같아요."

그러나 모든 건 추측일 뿐이다. 왜 그때, 어디에 가는지 물어보지 않은 걸까. 기운이 다 빠진 다경이 소파에 주저앉자, 이모가 곁으로 다가와 다경의 어깨를 감싸며 말했다.

"무슨 사정이 있을 거야. 그러니까 너무 걱정하지 마."

날이 밝아도 여전히 부모님과 연락이 닿지 않자 다경은 다시 한번 정환과 통화를 하고 그의 조언대로 파출소에 가서 실종 신고를 했다. 다경의 이야기를 들을 때는 시큰둥했던 경찰들도 전혀 그럴 사람들이 아닌데 이틀이나 연락이 안 되고 있다는 이모의 말은 진지하게 들었다. 다경은 이모에게 했던 이야기를 다시 한번 경찰에 했고 접수는 되었으니 일단 돌아가서 기다리라는 말에 집으로 발걸음을 돌렸다. 다경은 무력하게 기다릴 수밖에 없는 이 상황이 싫었다. 무슨 일이 벌어졌든 사실을 알고 싶었다.

집으로 돌아오고 얼마 지나지 않아 경찰로부터 연락이 왔다. 이틀 동안 상상하던 수만 가지 상황 중에 하필 가장 나쁜 일이 현실이 되었다. 경찰의 연락을 받은 이모는 다경을 집에 남겨 두고 부모님의 시신을 확인하러 갔다. 나중에야 자동차와 함께 저수지에 빠졌었다는 얘기를 듣게 되었다. 사고인지 아닌지는 수사를 해 봐야 안다고 했다.

부모님이 돌아가셨다는 사실을 알고 난 뒤 다경은

어두운 우주를 유영하는 것 같은 기분이었다. 도무지 현실 같지가 않았다. 악몽을 꾸고 있는 걸까? 조금 정신이 들었을 때는 이미 장례식장에 앉아 있는 자신을 발견한 뒤였다.

눈앞에 엄마, 아빠의 영정 사진이 있었다. 그 사진을 찍은 날이 언제인지도 기억난다. 날이 너무 화창해서 아빠의 채근에 가족 모두가 선유도로 나들이를 간 날이었다.

양화대교 중간에 위치한 선유도는 봄이면 벚꽃 명소로 유명한 곳이다. 한동안 각자 바빠서 벚꽃이 피어도 제대로 소풍도 못 갔는데 그 일요일은 어딘가 나가지 않으면 아까울 만큼 날씨가 좋았다. 다경의 가족처럼 나들이 나온 사람들이 많았지만 그래도 산책을 하기에 번잡하지는 않았다. 그때 가족들이 서로의 얼굴을 찍어 주었다.

다경은 영정 사진을 보며 그때를 떠올렸다. 따뜻한 햇살과 강에서 불어오던 바람의 감촉, 공기 속에 섞여 있던 꽃향기, 서로 사진을 찍어 주며 들은 엄마와 아빠의 웃음소리. 사진 속에는 그때의 기억이 고스란히 담겨 있었다. 불과 한 달 전인데, 왜 이렇게 되어 버린 거야?

다경은 잠결에 어른들이 옆에서 나누는 이야기를 들었다. 경찰로부터 들었다는 분명하지 않은 말들이 억측과 편견 속에 이상한 방향으로 흐르고 있었다. 자살일지도 모른다고? 거짓말. 그런 건 믿을 수 없다.

그날 저녁 "금방 다녀올게"라는 말을 남기고 간 부모님이 그런 선택을 했을 리 없다. 또 다른 이야기가 들려왔다. 사고일지도 모른다고 했다. 다경은 이해가 되지 않았다. 애초에 그 저녁에 저수지에 간 것부터 이상하다는 생각이 들었다. 누구를 만나러 갔는지만 확인해도 훨씬 정확한 사실을 알게 될 텐데.

다경은 누구의 말도 믿지 않았다. 온전히 혼자만의 생각으로 그날의 일을 몇 번이고 되감아 떠올려 보았다. 어떤 기미도, 어떤 징조도 없었다. 이상했다면 다경이 모를 리 없었다. 하지만 자신이 그러고 있는 걸 누구에게도 말하지 않았다.

상복을 입고 낯선 공간, 낯선 시간 속에 앉아 있다가 조금씩 마취가 풀린 듯 현실로 돌아오면 그렇게 한기가 느껴졌다. 온몸이 차갑게 식었다. 수시로 식은땀이 흐르고 손발이 마비되었다. 그 와중에 조문객을 마주해야 하는 건 고문과 다름없었다.

사람들의 눈을 피해 한숨 돌리고 있을 때 민규 오빠가 곁으로 와 주었다. 오랜만에 보니 반가웠던가? 발리에서 둘만 남아 게임을 했을 때 첫 입맞춤을 하고 잠시 설레기도 했지만, 그 일은 몇백만 년 전의 일처럼 까마득하게 느껴졌다. 그날 이후 휴가 내내 민규 오빠는 그 일에 대해 아무 말도 하지 않았다. 애초에 둘만 남는 상황을 피하는 것 같았다. 휴가가 끝나고 난 뒤에도 연락이 없어 그저 여행지에서의 분위기에 휩쓸렸던 건가 싶었다. 그다음 휴가 때부터 민규 오빠가 입시 준비 때문에 여행에 안 오게 됐다는 이야기를 듣고 다경은 괜히 선규에게 심술을 부렸다.

오랜만에 만나 반가웠지만 서둘러 자리를 털고 일어나려는 것을 보고 손톱만큼 남아 있던 마음마저 식어 버렸다. 다시 빈소로 들어가려니 숨이 막힐 것 같아 오빠 먼저 보내고 화장실로 도망쳤다. 변기 위에 쪼그리고 앉아 어서 시간이 지나기를 기다렸다.

그때 누군가 밖에서 소곤거리는 소리가 들렸다. 무슨 이야기를 하는 건가 싶었는데 아빠 이야기였다. 아니, 정환 아저씨 이야기였다.

"최 대표님, 난 왜 가식처럼 느껴지냐?"

"무슨 소리야, 그래도 친군데. 이런 상황이면 충격 받지."

"그래서 저렇게 운다고?"

"삼십 년 지기 친구잖아, 우정은 깊었겠지."

"그래, 그러니까 이 대표님도 참을 만큼 참은 거겠지."

"한 부장 얘기 들으니까 빼돌린 돈이 더 있다던데?"

"더? 아니, 도대체 그 많은 돈을 어디에 쓴 거야?"

"도박! 강원랜드에서 몇 억 날렸다나 봐."

"그런데… 난 좀 이상한 생각이 든다?"

"뭐가?"

"타이밍이 너무 그렇잖아? 횡령한 거 들켜서 오늘내일하던 판인데."

"무슨 소리야, 타이밍이라니… 세상에 생각만 해도 무섭다."

"이상하잖아, 누굴 만나러 갔는지 모르는데 그 밤에 웬 저수지?"

"근데 나 저수지 얘기 들으면서 뭔가 생각났어."

"뭔데?"

"이건 진짜 만약의 이야긴데… 그 저수지 혹시 우리 현장이랑 가까운 거기 아니야? 지금 최 실장님이 공사 중인 카페 〈다름〉."

"야, 너무 갔다. 그럼… 아 됐어. 상상하기도 싫다."

두 사람이 나눈 이야기는 다경의 귀에 비수가 되어 꽂혔다.

'그래, 이래야 말이 돼. 아빠가 그렇게 편한 복장으로 나간 것도, 엄마가 따라나선 것도 이래야 말이 돼.'

이야기를 나누던 사람들이 나간 뒤 화장실 칸에서 나온 다경은 수돗물을 틀고 찬물을 얼굴에 끼얹었다.

몽롱하던 기운이 사라지고 정신이 번쩍 들었다. 거울을 보며 얼굴의 물기를 손으로 닦아 냈다.

'정신 차려 이다경. 이제부터 정신 바짝 차려야 해.'

아직 어떤 생각도 계획도 없었다. 하지만 하나는 분명했다. 엄마 아빠의 죽음을 이렇게 억울하게 끝나게 할 수는 없다.

빈소로 돌아오자 아저씨가 나오는 모습이 보였다.

다경은 손이 떨리는 것을 간신히 억누르며 정환에게 다가가 물었다.

"발인하는 날 오실 거죠?"

민규

†

하마터면 지나칠 뻔했다.

버스가 다시 출발하려던 참에 잠에서 깬 민규는 자신이 내려야 할 곳이라는 것을 확인하고는 다급한 목소리로 버스를 세웠다. 한 정거장 더 가서 내릴 수도 있었지만 그러기엔 몸이 너무 피곤했다. 좀 더 내신을 올리지 않으면 원하는 대학에 갈 수 없다는 생각에 자는 시간을 30분 늦추고 아침에는 30분 일찍 일어났다.

학원을 마치고 집으로 오는 버스에서 조는 날이 많아졌다. 바뀐 루틴에 아직 몸이 적응하지 못한 탓이다. 그래도 앞으로 일 년만 참으면 된다는 생각으로 버티는 중이다. 집 근처에 도착할 즈음 누군가 뒤에서 헤드록을 걸며 덮쳤다. 비틀거리며 간신히 중심을 잡고 돌아보니 동네 친구 형석이었다.

"죽을래?"

"누구냐?"

민규의 어깨에 손을 얹고 대뜸 누구냐고 묻는 형석. 입에서는 담배 냄새가 났다.

"누구냐니?"

"너희 집에서 같이 나오던 여자애 누구냐고."

다경과 같이 있는 걸 본 모양이다. 민규는 절로 한숨이 나왔다. 또 귀찮게 달라붙을 게 분명하다. 민규는 최대한 녀석의 관심을 끌 만한 정보를 주지 않기로 마음먹었다.

"그냥 아는 동생이야. 며칠 있다 갈 거야."

"너랑 아무 상관 없는 거지?"

"뭔 소리야?"

"너랑은 아무 감정이 없는 거냐고. 둘이 아무 사이

아니냐고."

"미친 새끼. 꺼져."

"그럼 나 좀 소개시켜 줘."

"꺼지라고."

"뭐야, 이 정색은? 뭐 있구나?"

"없다고. 애야 애. 중학생."

"딱 좋구만 뭐."

민규는 어깨에 걸친 형석의 팔을 풀고 집 대문을 열었다.

"헛소리할 시간에 집에 가서 잠이나 자."

"전화한다."

대문의 창살을 붙잡고 형석이 마지막까지 치근거렸다.

어느새 졸음이 완전히 달아나 버렸다. 미친 새끼. 지금 우리가 그런 데 한눈팔 때냐? 민규는 집 안으로 들어서며 앞으로 한동안 형석의 전화는 받지 말아야겠다고 생각했다. 어릴 때부터 알고 지내서 친구라고는 하지만 요즘 하는 짓을 보면 아는 척도 하고 싶

않다.

현관으로 들어서는 등 뒤로 인기척이 느껴졌다. 놀라 소름이 쭈뼛 돋았다. 형석이 집까지 따라 들어왔나 싶었는데 돌아보니 다경이었다.

"뭐야, 놀랐잖아."

다경은 아무렇지도 않다는 듯 신발을 벗고 집 안으로 들어섰다.

"어디 갔다 오는 길이야?"

"아니, 마당에서 바람 쐬고 있었어."

혹시 형석과 한 이야기를 들었나 싶어 쳐다보았지만 그런 것 같지는 않았다.

거실로 들어서자 책을 읽고 있는 엄마가 보였다. 민규를 보자 엄마가 책을 엎어 놓고 자리에서 일어났다.

"이제 와? 힘들었지? 뭐 마실 것 좀 줄까?"

"뭐 읽어요?"

《40대 여성을 위한 인생 설계》

엄마가 책을 들어 표지를 보여 줬다.

민규에게는 생경한 풍경이었다. 엄마가 책을 읽는 사람이었나. 어쩐지 조금 낯설게 느껴졌다.

"다경이가 사 준 책이야. 읽어 보니 재미있네."

"전 올라가 볼게요."

쑥스러운지 다경이 2층으로 향했다. 엄마는 흐뭇한 표정으로 다경의 뒷모습을 바라보았다. 다경이 온 뒤로 엄마도 많이 변했다. 방에 수시로 쳐들어오던 버릇도 없어졌다. 이것도 다경 효과인가 싶었다.

"너희들이 다경이 반만 따라갔으면 좋겠다."

엄마가 다시 거실 소파에 앉아 책을 집어 들며 들으라는 듯 큰 소리로 말했다.

"엄마!"

"받을 줄만 알지, 엄마한테 이런 거 신경 써 준 적 있어?"

민규는 말문이 막혔다. 그렇지 않아도 피곤한데 엄마와 입씨름하고 싶지 않았다.

"좋겠어요. 그렇게 딸 딸 노래를 부르시더니."

민규는 2층 자기 방으로 들어가려다 고개를 돌렸다. 선규의 방, 아니 지금은 다경이 머무는 방문이 조금 열려 있었다. 자신도 모르게 까치발로 소리를 죽이며 다가갔다. 약간 벌어진 문틈으로 방 안을 살폈다. 침대가 보였지만 다경은 보이지 않았다. 손가락으로 문을 살짝 밀어 안을 살폈다.

"뭐 해?"

뒤에서 선규의 목소리가 들렸다.

당황한 민규는 얼른 뒤로 물러나 자기 방문을 열며 말했다.

"뭔 소리가 들리길래…."

누가 봐도 변명처럼 들리는 말이었다. 선규는 아무 대답도 없이 가만히 민규를 노려보았다. 선규 뒤로 욕실에서 나오는 다경이 보였다. 막 세수를 마친 듯 수건으로 얼굴을 닦고 있었다. 다경은 어정쩡하게 서 있는 두 사람을 쳐다보았다.

민규를 노려보던 선규가 다경의 손에 책을 건네주었다.

"이게 우리 선생님이 추천해 준 책이야. 방문 꼭 닫고 다녀."

선규는 민규를 노려보며 문단속 잘하라는 말을 하고는 아래층으로 내려갔다. 저 새끼가 누구한테… 한소리 하고 싶었지만 지금 상황에서는 괜히 떠들어 봐야 자신만 불리할 것 같았다. 게다가 다경도 불편한 눈으로 자신을 쳐다보고 있었다.

"미친놈, 뭔 소리를 하는 거야."

민규는 황당하다는 표정을 지으며 얼른 방으로 들어갔다. 문을 닫고 밖에서 나는 소리에 귀를 기울였다. 다경이 방으로 들어가고 문 닫히는 소리가 들렸다. 맥이 풀린 민규는 가방을 집어 던지며 머리를 쥐어뜯었다.

하필이면 거기서 선규에게 걸리다니, 저 자식이 어떻게 생각할지 신경이 쓰였다. 변명의 여지도 없이 딱 들켜 버렸으니 체면을 구겨도 너무 구겼다.

다경이 온 뒤로 복도 건넛방이 계속 신경 쓰였다. 시끄러운 소리가 들리면 선규가 있을 때는 버럭 소리를 한번 지르거나 건너가 방문을 열고 머리를 한 대 쥐어박으면 끝났다. 다경이 방을 쓰면서 신경에 거슬리는 소음이 들려도 뭐라 말하기가 애매했다. 선규는 게임을 하거나 유튜브를 보는 소음이라 공부에 방해가 된다고 난리라도 칠 수 있었지만 다경에게는 버럭 소리를 지를 수도 없고 방문을 열고 머리를 쥐어박을 수도 없었다.

문을 소리 내어 닫거나 전화 통화하는 소리, 뭘 하는지는 모르지만 부스럭거리고 쿵쾅거리는 소리가 들렸다. 소리를 멈추라고 하기도 애매하고 짜증을 내면서 뭐라고 할 정도도 아니었다.

문제는 소리가 들릴 때가 아니었다. 소리가 들리지 않으면 들리지 않는 대로 문 너머의 다경이 무엇을 하고 있는지 궁금했다. 책을 펼쳐 놓고도 자꾸 딴생각이 들어 집중하기 어려웠다. 그렇다고 엄마에게 말할 수도 없었다. 언제까지인지는 모르지만 잠깐 와 있는 것이라고 했는데, 그동안 공부에 방해가 되니 아무 소리도 내지 말고 쥐 죽은 듯 조용히 있으라고 할 수는 없는 일이었다. 무엇보다 자신이 이렇게 다경의 발소리, 방에서 나오는 소리, 욕실에서 샤워하는 소리에 귀를 기울이고 있다는 사실을 들킬까 봐 말을 꺼낼 수가 없었다. 다경이 잠들고 문 너머로 들려오는 소리가 조용해진 뒤에야 조금 책에 집중할 수 있었다.

민규는 잔뜩 신경이 곤두선 채로 방 안을 서성거렸다. 이대로 있다가는 성적도 떨어지고 모든 게 엉망이 되어 버리고 만다. 어떻게 하면 좋을지 생각이 나지 않았다. 그나마 생각할 수 있는 건 가능한 한 집에 늦게 들어오고 아침 일찍 나가는 것이다. 아니, 사실은 그래 봐야 소용없다. 이미 그렇게 생활하고 있으니까. 발버둥을 쳐 봐도 집에만 돌아오면 온 신경의 안테나가 모두 다경이 지내는 방을 향해 있다.

민규는 덫에 걸린 파리처럼 옴짝달싹 못 하는 기분을 느끼며 침대에 누웠다. 몸의 피로와 지친 신경 때문에 까무룩 잠이 들었다. 어렴풋이 누군가의 손길이 느껴져 선잠이 깨었다. 눈을 뜨려다가 정신이 번쩍 들었다. 다경이 자신을 내려다보고 있었다.

"뭐, 뭐야?"

"내가 묻고 싶은 말이야. 지금 뭐 하는 거야?"

"내가 뭐?"

"내가 모를 줄 알아? 샤워하려고 욕실에 들어가면 밖에서 기웃거리고. 자려고 불 끄면 문 앞에서 서성거리고. 방에 들어오려고 문도 열었지?"

"내가 언제?"

"안 자고 있었어. 자는 척했어. 어디까지 하는지 보려고."

"그런 적 없어."

"한 번만 더 이상한 짓 하면 그땐 가만 안 둬. 아줌마한테 다 말할 거야."

민규는 갑작스런 상황에 아무런 대꾸도 할 수 없었다.

"대답 안 해?"

"아, 알았어."

다경이 다그치는 바람에 얼떨결에 대답을 했다. 다

경은 차가운 시선으로 민규를 쳐다보다가 방을 나갔다. 민규는 난데없이 뺨을 맞은 것 같은 기분에 벌떡 일어나 앉았다.

당장 다경의 방으로 건너가 아니라고 말하고 싶었지만 그럴 수가 없었다. 방까지 들어간 적은 없지만 다른 건 다경이 말한 대로다. 못된 마음을 먹고 욕실 앞을 서성거린 건 아니다. 그저 볼일을 보고 싶었는데 물소리가 들려 잠시 머뭇거렸을 뿐이다. 바로 1층 욕실로 내려가 볼일을 봤지만 다경의 입장에서는 충분히 오해할 만한 일이다.

민규가 당황스러운 건 갑자기 냉랭해진 다경의 태도였다.

화병을 가지고 들어와 책상 옆에 놓아둔다거나 샤워를 마치고 머리에 물기도 말리지 않은 채 와서는 공부를 가르쳐 달라고 옆에 바짝 붙어 앉기도 했다. 진하게 풍기는 샴푸 냄새에 정신이 아찔해진 순간, 다경은 발리에서의 그날 밤과 같은 눈으로 민규를 보고 있었다.

지금처럼 거침없이 방을 침범하는 사람은 자기가 아니라 다경이었다. 한 번도 그게 싫지는 않았다. 어쩌면 자신이 계속 복도 너머의 소리에 신경을 쓰고 있었던 건 언제 다경이 이 방에 들어올까 기다리고 있었기 때문이 아닐까 싶었다.

어쩌면 다경도 자신처럼 미묘한 줄다리기를 즐기고 있었는지 모른다. 아슬아슬하게 흔들리던 그 줄을 오늘 선규가 잘라 버렸음을 다경도 느낀 것 같았다.

민규는 복잡한 기분으로 자리에서 일어났다. 이 이상 엉뚱한 데 정신을 빼앗겼다간 다음 시험을 망치고 만다.

책상 앞에 앉은 민규는 손바닥으로 두 뺨을 소리 나게 쳤다. 뺨이 아팠지만 이걸로 충분치 않다는 생각이 들었다. 더 정신이 번쩍 나는 방법이 없을까 고민했다. 오로지 공부에만 집중하던 때로 돌아가고 싶었다. 민규는 책상 위에 놓인 영양제를 챙겨 먹었다.

조금은 집중력이 생기기를 바라며 다시 책을 폈다.

선규

†

노크 소리에 잠에서 깼다. 고개를 들어 보니 어느새 인터넷강의가 끝나 있었다. 강의를 듣다가 그새 잠든 모양이다. 선규는 누군가 싶어 방문을 열었다. 다경이었다.

"뭐 해? 안 자고."

"줄 게 있어서."

다경의 손에는 반다이 MG 유니콘 건담 플라모델 박스가 들려 있었다. 다경은 박스를 선규에게 내밀었다.

"이걸 나한테 준다고?"

"네 방에 있는 모델들 보니까 이건 없는 것 같아서."

"너도 건담 모아?"

다경은 옅은 미소를 지으며 고개를 저었다.

"나는 애니메이션 캐릭터 조립해."

"건담도 애니메이션…"

"닥쳐, 난 로봇은 상대 안 해."

선규가 피식 웃었다. 아무렴 무슨 상관이람, 지금 선규는 자기 손에 들린 박스를 보며 기분이 좋아졌다. 한정판이라 구하기 힘들다는 소문을 들었는데, 이걸 준다는 건 가지고 있던 걸 자신에게 주려고 가져왔다는 이야기다.

사실 내내 갖고 싶어 하던 모델이긴 했다. 방에 있는 모델을 보고 자신이 원하는 모델을 맞추다니 다경의 눈썰미가 대단하다 싶었다. 선규는 조바심에 얼른 박스를 열어 보고 싶었다.

"같이 조립할래?"

"아니, 구경만 할래."

선규는 얼른 방으로 돌아와 책상 위에 있던 노트북과 교재를 치우고 박스를 열었다. 다경이 그 옆에 자리를 잡고 앉았다. 신이 나서 박스를 풀던 선규가 다경의 표정을 살피고 동작을 멈추었다.

"왜 그래?"

그래도 좀 본 사이라고 선규는 다경의 표정만 봐도 지금 어떤 기분인지 조금은 눈치챌 수 있었다. 다경의 저 표정은 기분이 가라앉았을 때 나오는 표정이다.

"…잘 지내. 덕분에 너랑 같이 공부하고. 재미있었어."

"뭐야? 갑자기."

"이제 집으로 돌아가려고."

선규는 그제야 다경의 표정이 어두운 이유를 알았다. 형 때문이구나. 이 나쁜 새끼.

"이젠 혼자 있어도 괜찮아?"

"누군가 오겠지. 아니면 내가 가거나. 지금은 이모네 집에 갈까 생각 중이야."

선규는 건담 박스를 만지작거렸다. 어쩌면 이건 다

경이 준비한 작별 선물 같은 것이었나 보다. 그것도 모르고 좋아하다니. 선규가 머뭇거리며 물었다.

"형 때문이야?"

다경은 뭔가 망설이는 듯 잠시 고민하다가 선규를 쳐다보며 물었다.

"선규야, 우리 오키나와 갔을 때 기억나?"

갑자기 오키나와 이야기는 왜 꺼내나 싶었다.

"선물 가게에서 내가 어떤 남자를 때렸던 일."

기억하다마다. 도대체 왜 그랬는지 영문을 몰랐고 나중에 물어볼까 하다가 말았지만, 그날 일은 잊을 수가 없다. 갑자기 그날 이야기를 왜 꺼내는지 의아했다.

"우리 커다란 수족관 봤던 거 기억나지?"

선규가 고개를 끄덕였다.

'아름다운 바다'라는 의미를 가진 츄라우미 수족관. 그곳에 있는 대형 수족관은 커다란 고래상어와 가오리를 볼 수 있는 곳으로 유명하다. 선규는 다경과 함께 어둠 속에서 거대한 수족관 속의 세상을 쳐다보았다. 그곳은 천장으로 자연광이 들어올 수 있도록 설계되어 있었다. 관람객들의 시선은 모두 햇살이 들어오는 수족관으로 쏠렸다.

"난 그때 어떤 장면을 봤어. 서너 살 정도 되는 여자아이와 그 여자아이를 자신의 무릎에 올려놓고 수족관을 보고 있는 남자를. 어둠 속이지만 분명히 봤어. 남자가 여자아이 치마 속으로 손을 집어넣고 아이의 몸을 만지고 있는 걸."

뜻밖의 이야기에 선규는 아무 말도 못 했다.

"너무 놀라서 주위를 둘러보았지만 다른 사람들은 눈치도 못 채고 있었어. 사람들이 이동하자 그 남자도 아이를 데리고 다른 곳으로 이동했어. 난 그 남자 뒤를 따라갔어."

다경의 눈은 마치 그날을 보고 있는 것 같았다. 선규도 같은 날, 같은 장소에 있었다. 대형 수족관을 지나면서 다경의 말수가 줄었던 기억이 났다. 갑자기 모든 것에 흥미를 잃은 듯 다경은 전시되어 있는 물고기나 해초를 쳐다보지도 않았다.

"어둠을 지나 밖으로 나왔을 때 그 아이가 남자를 보면서 뭐라고 말했는 줄 알아?"

선규는 고개를 저었다. 다경의 입에서 어떤 말이 나올지 상상도 할 수 없었다. 무슨 말이 나오더라도 끔찍할 것 같았다. 다경은 그 남자가 눈앞에 있기라도 한 것처럼 이를 갈며 낮게 말했다.

"…파파."

전혀 생각지도 못한 말이었다.

"…그 아이는 아직 어려서 모를 거야. 아빠가 자신에게 한 짓이 뭘 의미하는 건지. 근데 나는 알잖아. 아이가 가장 의지하고 믿고 있는 존재가 아이에게 무슨 짓을 했는지. 너라면 어떨 것 같아?"

그날의 다경은 이해할 수 없을 만큼 이상했다. 왜 그렇게 화가 났는지, 왜 미친 듯이 남자의 머리를 때리고 분을 참지 못했는지 이제야 알았다. 하지만 지금, 왜 갑자기 그날의 이야기를 하는지는 여전히 의문이었다.

다경은 선규의 눈을 지그시 바라보며 물었다.

"그 남자가 하는 짓을 봤다면 넌 어떤 선택을 했을 것 같아?"

아마 자신도 다경이 했던 것처럼, 아니 그보다 더 미친 듯이 남자를 때렸을지도 모른다. 자신이 알고 있는 온갖 욕을 퍼붓고 배를 걷어차고 머리를 잡고 흔들었을 것이다. 하지만 그걸 왜 지금 묻는 걸까? 혹시….

선규는 쉽사리 입이 떼어지지 않았다. 뭔지는 몰라도 스멀스멀 피어오르는 기분 나쁜 상상이 선명한 그림을 그리기 전에 얼른 머리를 흔들었다. 하지만 한번 머릿속에 떠오르기 시작한 그림들은 거머리처럼 달라붙어 선규의 피를 빨아먹기 시작했다.

'혹시 형이 너한테…?'

그 말이 목구멍 바로 아래까지 올라왔지만 입을 열 수가 없었다. 입 밖으로 그 말을 뱉는 순간 선규는 형을 죽여 버릴지도 모른다는 생각이 들었다.

다경이 왜 이제야 그날 일을 이야기하는지 분명해졌다. 인생의 가장 슬픈 시기에 이 집에 오고 싶어 한 건 이곳을 가장 믿고 의지할 수 있는 안식처라고 생각했기 때문이리라. 그런데 가장 의지하고 믿었던 이곳에서 다경은 끔찍한 일을 당한 것이다.

선규는 자신이 더 고집을 부리지 않은 것을 자책했다. 끝까지 방을 내놓지 않겠다고 밀고 나갔더라면 복도를 사이에 두고 다경과 형이 마주 보고 지내는 일은 없었을 것이다.

선규는 자리에서 일어나 방 안을 서성거렸다. 몸이 떨려 가만히 앉아 있을 수가 없었다. 가방을 휘둘러 남자의 얼굴을 때리고 발길질을 하던 다경의 모습이 떠올랐다.

"나쁜 새끼, 나쁜 새끼… 어떻게, 어떻게…."

선규에게 다경은 형제였다. 대여섯 살 때부터 같이 물장구를 치고 모래집을 만들며 놀고 초등학생이 되고 서로 자라는 모습을 지켜보았다. 가끔 엉뚱한 짓을 해도, 원숭이라고 놀려도 형제니까 진심으로 기분 나쁘지 않았다. 생각할수록 치가 떨렸다.

방 안을 서성이던 선규가 더 이상 참지 못하고 방

을 나서려 하자 다경이 선규의 팔을 잡았다.

"내가 죽여 버릴 거야. 미친놈."

"누구? 민규 오빠?"

"그럼 이대로 넘어가려고? 그냥 집으로 간다고? 그 남자에게 했던 것처럼 때리고 발로 차. 소리 지르고 욕하라고."

"민규 오빠 아니야."

"뭐?"

갑자기 뭔 소린가 싶었다. 선규는 혼란스러운 감정을 간신히 추스르고 물었다.

"형이 아니라고?"

"아니야. 다른 사람이야."

"다른 사람?"

이제는 다경이 무슨 말을 하는지 전혀 감이 오지 않았다.

"내가 이 집에 왜 온 줄 알아?"

"그게 무슨 말이야?"

"넌 아저씨… 네 아빠를 얼마나 믿니?"

선규는 자기도 모르게 동작을 멈추었다. 전혀 예상하지 못한 질문이었다. 아빠를 얼마나 믿냐니, 지금 그런 이야기가 왜 나와? 빙빙 돌리지 말고 진짜 하고 싶은 말을 해.

잠시 선규를 쳐다보던 다경은 트레이닝복 주머니에서 핸드폰을 꺼냈다.

"이거 경찰이 찾아 줬어. 아빠 차에서 발견한 아빠 핸드폰. 진흙이 묻고 물에 빠져 있었는데도 켜지더라. 그래서 진실을 알게 됐지."

선규는 잘 돌아가지 않는 머리로 다경이 던진 퍼즐을 어떻게든 꿰맞춰 보려고 했지만 도무지 아귀가 맞지 않았다. 서로 다른 이야기들을 주워 모은 끝에 어떤 그림이 완성될지 궁금하기도 했지만 한편으로 불안하기도 했다.

"아, 그리고 블랙박스도 있지. 경찰에서 그걸 복구했대. 그럼 이제 아빠가 누굴 마지막으로 만났는지 알게 되겠지."

선규는 열어서는 안 되는, 하지만 열지 않을 수 없

는 판도라의 상자를 마주하고 있는 기분이었다. 결국 궁금증을 참지 못하고 물었다.

"그런 얘길 왜 하는데? 여기서 우리 아빠 얘기는 또 왜 나오는 거고?"

머리가 빙빙 돌기 시작했다. 아빠가 경호 삼촌에게 무슨 짓을 했다는 거야?

"우리 아빠는 아저씨를 누구보다도 믿었어. 그런데 왜, 왜 그런 짓을 한 걸까?"

더 이상 아무것도 묻고 싶지 않았다. 이대로 다경에게 방에서 나가라고 하고 싶었다. 그저 누구의 방해도 받지 않고 다경이 준 건담을 조립하며 머릿속에 있는 퍼즐들을 조심스럽게 하나씩 살펴보고 싶었다.

다경의 말은 늘 선규를 흔들리게 했다. 더 이상은 휘둘리고 싶지 않았다. 하지만 선규는 단 한 발짝도 물러설 수 없었다. 아빠의 일이다. 경호 삼촌, 다경의 부모님 죽음과 관련이 된 일이다. 다경이 무슨 이야기를 하든 들어야 한다는 것을 직감했다.

선규는 폭풍우 속에 뛰어들 각오를 하고 물었다.

"…아빠가 무슨 짓을 했는데?"

세라

†

민규의 생일날 아침, 주방으로 향하던 세라는 오랜만에 맡는 냄새에 놀랐다.

 이른 아침부터 주방을 오가는 다경의 모습도 뜻밖이었지만, 다경이 미역국을 끓이고 있었기 때문이었다. 민규의 생일 아침에 생일상을 차려 주려는 마음은 고마웠지만, 미역국은 금기 사항이라는 이 집안의 규칙을 다경이 알 리 없었다.

 미역국을 별로 좋아하지 않던 민규는 입시를 핑계로 한동안 미역국을 먹지 않겠다고 선언했다. 생일뿐 아니라 입시가 끝날 때까지 쭉. 조금이라도 신경이 쓰인다면 본인이 원하는 대로 해 주는 게 좋겠다고 생각했다. 뭘 해 달라고 하는 게 문제지, 싫다는 건 안 하면 그뿐이다. 그날부터 세라는 미역국을 끓이지 않았다. 딱히 미역국을 좋아하지도 않고 미역이 아니더라고 끓일 국은 많았다.

"벌써 일어나셨어요? 준비 다 하고 깨우려고 했는데."

뿌듯해하는 다경의 얼굴을 보자 세라는 어떤 말을 꺼내야 할지 망설여졌다. '수험생에게 미역국은 아니지 않니?'라고 말하기에는 너무 미신을 맹신하는 것처럼 보이는 데다가 다경의 성의를 무시하는 일이다. 생일 당사자인 민규가 미역국을 싫어하니 얼른 다른 음식을 준비해서 다경의 기분을 상하지 않게 상황을 정리하고 싶었다.

"이게 다 뭐야. 다경아, 이런 거 하지 않아도 돼."

"아니에요. 저도 뭔가 하고 싶었어요."

국을 다시 끓여야 하나 속을 끓이며 안절부절못하고 있는데 안방에서 나온 남편이 식탁에 자리를 잡

앉다.

"미역국 오랜만이네?"

"그러게요. 다경이가 준비했네요."

"그래? 이런 것도 다 할 줄 알고 대단한데?"

아무것도 모르는 남편은 다경이 끓인 미역국을 보자 입맛을 다셨다. 민규와 선규가 차례로 나와 식탁으로 모였다.

"어, 뭐야? 미역국?"

민규의 얼굴에 당혹감이 스쳤다. 세라는 얼른 다경을 감싸듯 말했다.

"다경이가 끓였어. 민규 오빠 생일이라고 특별히 준비했대. 고맙지 않니?"

떨떠름한 표정으로 서 있던 민규는 몹쓸 것이라도 본 것처럼 식탁에 앉을 생각을 하지 않았다. 형을 쳐다보던 선규는 담담히 식탁에 앉았다.

"나 미역국 안 먹는데."

그래, 네가 그렇게 말할 줄 알았지. 세라는 민규의 말에 다경이 서운해하지 않기를 바라며 얼른 대꾸했다.

"조금만 기다려. 엄마가 계란국이라도 끓여 줄게."

계란국이라면 3분이면 충분하다. 끓는 물에 계란을 풀고 소금으로 간한 뒤 파, 마늘만 조금 넣어 주면 끝난다.

민규는 그제야 자리에 앉으며 미역국을 한쪽으로 밀어 놓았다. 팔짱을 낀 채 국이 다시 나오길 기다렸다. 다경은 어이없다는 듯한 표정으로 민규를 쳐다보며 말했다.

"오빠 생일이라 미역국 끓인 거 아니야. 오늘 우리 엄마 생일이야."

국을 다시 준비하려고 냄비를 꺼내던 세라가 그대로 얼어붙었다. 언젠가 다경 엄마와 민규 생일이 같다는 얘기를 나눈 기억이 떠올랐다.

"미안해, 내가 미처 생각을 못 했네."

세라는 냄비를 내려놓고 다경에게 위로의 말을 전했다. 그때 다경이 자리에서 일어나 민규가 한쪽으로 밀어 놓은 국그릇을 들고 싱크대로 향했다.

다경은 그대로 국을 싱크대에 쏟아 버렸다. 다경의 행동에 놀라 세라는 뭐라 말도 못 하고 다경을 쳐다보았다. 남편도 선규도 놀란 눈이 되어 다경을 쳐다보았다. 그중에서도 가장 놀란 건 민규였다.

"다경아, 그래도 이렇게 버릴 것까지는…."

"멍청이, 생일이 무슨 의민지도 모르고."

다경이 거칠게 그릇을 싱크대에 팽개쳤다.

"다경아?"

세라가 놀라 다경의 팔을 잡았다.

"아줌마, 국 끓이지 마요. 왜 저런 걸 봐줘요?"

"뭐? 너 지금 나한테 하는 얘기야?"

민규가 기분이 상했는지 자리에서 일어났다. 다경이 민규의 턱밑까지 다가가 얼굴을 들이밀고 쏘아 대기 시작했다.

"그래, 너한테 했다. 왜? 생일이라고? 미역국은 안 먹겠다고? 다른 국을 끓여 달라고? 왜 생일날 네가 유세를 부리는 건데? 너 낳느라 제일 힘들었을 사람은 아줌마야. 너 생일에 가장 먼저 해야 할 일은 엄마한테 고맙다고 해야 하는 거야. 알았어?"

민규는 한 방 맞은 얼굴로 다경을 쳐다보았다.

옆에서 듣고 있던 세라는 생각지도 못했던 말에 다경을 안아 주고 싶었다. 아이들의 생일을 챙겨 주며 한 번도 이런 말을 들어 본 적이 없었다. 자기 생일이 되면 뭘 사 달라, 어디 가고 싶다 하는 얘기만 들었다. 뭐라 대꾸를 해야 할지 몰라 머뭇거리는 사이 남편이 고개를 끄덕이며 민규를 쳐다보았다.

"그래, 이건 다경이 말이 맞네. 민규 네가 잘못한 거야."

세라는 자신을 쳐다보는 민규와 눈이 마주쳤다. 누구 편을 들어야 하는지 망설여졌다. 하지만 오늘은 민규도 배우는 게 있었으면 하는 바람으로 다경의 편을 들어주기로 했다.

"아들, 다경이 얘기 들었지? 너 낳느라 엄마 진짜 힘들었어. 진통을 열네 시간이나 했어."

"진짜 고생했지. 다경이 말 하나 틀린 거 없네, 민규 너 다경이한테 많이 배워야겠다. 선규 너도."

옆에서 남편이 한마디 거들더니 미역국을 먹어 보고 맛있다며 다경을 칭찬했다. 민망했는지 민규의 얼굴이 굳어졌다. 갑자기 선규가 자리에서 일어났다. 식사도 제대로 하지 않은 상태였다.

"어디 가?"

"늦었어요. 먼저 갈게요."

선규는 엄마의 질문에 머뭇거리다가 짧게 대답을 한 뒤 서재 방으로 들어가 가방을 가지고 나왔다. 아들의 표정을 본 세라는 잠시 걱정이 스쳤다. 어디 몸이라도 아픈 건가 싶을 정도로 선규의 표정이 안 좋았다. 머뭇거리던 민규도 자리에서 일어나며 말했다.

"저도 아침 생각 없어요. 그냥 갈게요."

민규가 잔뜩 인상을 쓰며 위층으로 올라갔다. 그 모습을 보며 남편이 혀를 찼다.

"민규는 시험 때문에 예민해서 그래. 그래서 미역국 안 먹는 거야. 입시생들은 이런저런 징크스 지키는 게 많아, 조심해서 나쁠 것도 없고."

세라는 아침까지 준비한 다경에게 싫은 소리는 못

하고 최대한 부드럽게 이야기했다.

"그나저나 오늘이 엄마 생일이었구나. 어떡하니, 돌아가신 후로 첫 생일은 제사를 지내야 하는 건데, 이따가 내가 장 봐서…"

"아니에요. 오늘 이모네 집에서 지내기로 했어요."

"그렇구나. 그럼 다행이고."

자리에 앉은 다경은 미역국을 먹으며 고개를 갸우뚱했다.

"엄마가 끓인 미역국은 더 맛있는데. 우리 집은요, 제 생일에 저랑 아빠가 식사를 준비해요. 엄마가 제일 힘들고 수고한 날이라고요."

그 집은 그럴 만하다는 생각이 들었다. 남편이 아내를 어떻게 대하는지 몇 시간이면 파악이 끝난다.

다경의 아빠 경호는 아내 소은이 늘 먼저인 사람이었다.

식당에 함께 가면 에어컨 바람이 덜 가는 쪽으로 아내를 앉혔고, 붐비는 식당에서는 안쪽으로 앉게 해 아내가 불편하지 않도록 해 주었다. 수저를 놓는 것도 남편인 경호의 몫이었다. 소은은 남편이 건네주는 물을 마시고 일어날 때도 모서리에 손을 대 주는 남편 덕분에 어딘가에 부딪칠 걱정도 없었다. 배려가 몸에 밴 사람을 보다가 옆을 돌아보면 한숨이 절로 나왔다. 정환이 조금만 더 자상했으면 좋았을 테지만 사람의 성격은 쉽게 바뀌지 않는다. 타고난 성격은 잔소리로 어쩌지 못한다.

입을 열면 괜히 정환에게 잔소리를 하게 될까 봐 세라는 아침 식사를 하는 동안 조용히 밥 먹는 데 집중했다. 남편도 별말이 없었다. 아들 둘이 사라지고 다경과 함께 아침을 먹고 있자니 그 집의 식탁 풍경은 어땠을까 궁금해졌다.

"다경이 어떤 것 같아?"

아침 식사를 마치고 안방으로 돌아온 정환이 출근 준비를 하며 세라에게 물었다. 세라는 남편에게 겉옷을 챙겨 주며 되물었다.

"무슨 뜻이야?"

"그냥 잘 지내는지 묻는 거야. 아까 보니까 좀 정서 불안인 것도 같고…."

남편은 아무래도 싱크대에 미역국을 쏟아 버리고 그릇을 던진 게 신경이 쓰인 눈치였다.

"자기 딴에는 신경 써서 끓였는데 민규가 안 먹겠다고 하니까 화가 난 거겠지."

"민규 철없는 건 당신이 너무 오냐오냐한 탓도 있어. 미역국도 안 먹고, 계란프라이도 안 먹고, 또 뭐더라?"

"민규만 그러는 것도 아니야. 입시 스트레스에 예민할 수도 있는 거지."

"이것 봐, 엄마가 맨날 편들어 주니까 저밖에 모르지. 다 큰 놈이 다경이보다도 생각이 없고."

"애 교육은 나 혼자 해?"

참았던 잔소리가 결국 터져 나왔다. 세라는 괜히 억울한 생각이 들어 짜증 섞인 목소리로 맞받아쳤다.

"당신도 다경이네처럼 아이한테 신경 좀 써 봐. 맨날 회사 핑계 대고 밖으로만 나돌지 말고."

"됐어, 그만해. 출근하는 사람 붙잡고 잔소리할 거야? 부부 싸움이라도 하자는 거야?"

언성이 높아진 남편 때문에 세라도 더 쏘아붙이지는 못했지만 속이 부글부글 끓였다. 밖으로 나오자 다경이 남편에게 텀블러를 건네고 있었다. 아침마다 커피를 내려 텀블러에 담아 가는 것을 눈여겨보고 있었던 모양이었다.

"이런 것까지 챙겼어? 고맙다."

"아니에요. 잘 다녀오세요."

다경이 인사를 하고 2층으로 올라갔다. 물끄러미 다경을 쳐다보던 남편은 곧 집을 나섰다.

혼자 주방에 남은 세라는 식탁을 치우기 시작했다. 기분 좋게 시작한 아침이 어딘가 모르게 금이 간 느낌이었다. 민규도, 선규도 제대로 아침을 챙겨 먹지 못하고 집을 나섰다. 더구나 오늘 생일인 민규는 남편의 핀잔에 빈정이 상한 눈치였다. 저녁에는 제대로 생일 케이크를 사다가 챙겨 줘야겠다 싶었다. 그러고 보니 선규도 안색이 안 좋았는데.

민규를 챙기느라 또 선규에게 어디 아프냐는 말 한마디 제대로 건네지 못했다. 이러니 선규가 섭섭해하지. 더 서운해하기 전에 문자라도 한 통 해야겠다고 생각했다. 하지만 그 생각은 설거지를 하는 동안 어느새 세라의 머릿속에서 지워지고 없었다.

정환

†

인부들이 나타나지 않아 공사가 지연되고 있다는 연락을 받고 정환은 다급하게 카페를 짓고 있는 현장으로 향했다. 레미콘이 돌아가야 할 현장은 조용하기만 했다. 현장 입구에 서 있는 자동차에서 김 부장이 정환을 기다리고 있었다. 김 부장은 정환의 자동차가 도착하자마자 차에서 내려 다가왔다.

"다들 어디 간 거야?"

"체불된 임금 입금되는 거 보고 현장에 오겠답니다."

"콘크리트 타설만 끝나면 지급하겠다고 얘기하라

니까."

정환은 기초를 다지고 벽을 세우기 시작한 현장을 둘러보았다. 거푸집 안으로 삐쭉 솟아오른 철근들이 타설 작업을 기다리고 있었다. 장마가 시작되기 전에 타설 작업을 끝내야 공사 기간을 맞출 수 있다.

"회계팀에 얘기해서 미리 당길 수는 없나?"

김 부장이 난감하다는 표정으로 정환의 시선을 피했다.

"저쪽 사무실에서는 이미 임금이 지급된 걸로 알고 있습니다."

정환은 더 할 말이 없었다.

다경의 이모부가 내용증명을 보내왔다. 유산상속을 위해 자산 현황을 파악할 목적으로. 회계팀에서는 경호의 상속 지분 확인을 위해 사무소의 자산과 부채 확인에 들어갔다. 임의로 발급했던 영수증들이 드러나는 것은 시간문제였다. 경호가 없어져도 마음대로 할 수 있는 게 없었다. 발밑까지 무너지고 있었다. 어떻게든 급전을 만들어 보는 수밖에 방법이 없다. 이

번 카페 공사를 마무리 짓고 남은 대금을 받는다면 조금은 숨통이 트일지도 모른다.

정환은 자동차 운전석에 올라타 시동을 걸었다. 하지만 어디로 가서 돈을 구해야 할지 막막하기만 했다. 콘솔 컵 홀더에 끼워 둔 텀블러를 꺼내 커피를 한 모금 마셨다. 역하게 쓴 기운이 올라왔다. 평소 마시던 커피 맛이 아니었다.

정환은 자동차 문을 열어 입안에 남아 있는 커피를 뱉고 생수병을 꺼내 입을 헹궜다. 입안의 느낌이 이상했다. 순간, 텀블러를 건네주던 다경의 얼굴이 떠올랐다. 등줄기로 서늘한 냉기가 흘렀다.

출근 때마다 2층에서 쳐다보던 다경의 얼굴이 떠올랐다. 처음엔 배웅이라고 생각했지만 배웅이 아니었다. 무심한 듯 바라보던 눈빛은 어느새 서늘하고 매서웠다. 정환은 텀블러의 뚜껑을 닫았다. 다경이 커피에 뭔가를 탔을 거라는 예감이 들었다.

어디에 가져가야 확인할 수 있을까? 머리를 굴려 봤지만 쉽게 떠오르지 않았다. 정환은 핸드폰을 꺼내 검색을 시작했다. 독극물이 들었는지 확인해 볼 수 있는 사설 기관을 검색해 보니 병원이나 약학대학 연구소, 법의학 연구소 등이 나왔다. 병원이 가장 빠르고 의뢰도 어렵지 않을 것 같았다. 비용과 절차를 확인하다가 핸드폰을 껐다. 가장 간단한 방법은 따로 있다. 다경에게 확인하면 된다.

함께 식당에 갔을 때 했던 이야기가 생각났다.

"…세상엔 정말 끔찍하게 나쁜 인간도 많아요."
그때 다경은 이런 말도 했었다.
"나는 찾아낼 거예요. 엄마 아빠를 그렇게 죽게 만든 사람. 찾아내서… 가만두지 않을 거예요."

그 말을 마치고 다경은 정환을 바라보았다. 그 차고 깊은 눈빛이 떠올랐다. 그것은 뭔가를 알고 있는 눈빛이었다. 아니다. 다경이 그날 일을 알 리가 없다. 하지만 다경의 눈빛은 심상치 않았다.

이상한 점을 떠올리기 시작하자 아내가 했던 말이

생각났다.

　서재를 청소하려고 들어갔는데 다경이 책상 서랍을 열어 살피고 있었다는 이야기. 뭐 하냐고 물었더니 그냥 구경하는 거라고 했다는데 그때는 흘려들었다. 서재의 책을 꺼내 읽곤 했으니 호기심에 뒤적거린 거라고 생각했다. 책상 서랍에 들어 있는 거라곤 필기구와 메모지들, 영수증 같은 사소한 것들뿐이라 신경을 쓰지 않았다. 무엇 하나 다경이 관심을 가질 만한 건 없었다.

　지금 생각하니 의아하기만 했다. 다경은 뭘 찾고 있었던 것일까?

　정환은 다시 핸드폰을 켰다. 통화 내역을 열어 화면을 올렸다. 경호의 이름이 보이자 잠시 망설이다 통화 버튼을 눌렀다. 신호음이 들렸다. 심장이 두근거렸다.

　누군가 전화를 받았다.

　정환은 잠자코 상대의 목소리가 들리기를 기다렸다. 상대도 같은 생각인 듯 아무 말이 없었다. 전화를 받고 있는 사람이 누구일지 생각했다. 어쩌면 형사일지도 모른다. 현장에서 발견되었을 테니.

정환은 문득 경호의 핸드폰 화면에 자신의 이름이 뜰 거라는 데 생각이 미쳤다. 형사가 받았다면 뭐라고 변명을 하지? 친구가 생각나서 그냥 걸어 봤다고 하면 믿어 줄까? 1분이 넘게 상대 쪽에서 말이 없어 괜히 했다는 생각이 들었다. 종료 버튼을 누르려고 할 때 목소리가 들렸다.

"커피 맛은 어땠어요?"

다경의 목소리였다.

대뜸 커피 맛을 물어보다니, 그 말은 지금까지 정환이 품고 있던 의혹을 단숨에 확신으로 바꿔 놓았다. 입맛이 쓴 것은 그저 기분 때문이 아니었다. 아침에 텀블러를 건네준 순간부터 다경은 정환에게 일어날 일을 기대하고 있었던 것이다.

"너 도대체 무슨 짓을 한 거야?"

"무슨 짓…이라고요? 제가 뭘 했는데요?"

정환은 태연하게 시치미를 떼는 다경이 어이가 없

었다.

"커피, 너 거기다 무슨 짓을."

무엇을 탔는지는 모르지만 마시는 순간 쓴맛이 나고 혀가 마비되는 느낌이었다. 재빨리 눈치채고 입안을 헹구지 않았다면 무슨 일이 벌어졌을지 모른다.

"무슨 말이에요? 마치 제가 커피에 독이라도 탄 것처럼 말씀하시네요."

이렇게 딱 잡아떼겠다고? 정환은 머리가 뜨거워졌다. 아무래도 텀블러에 든 액체를 확인하는 수밖에 없겠다는 생각이 들었다. 그러면 더 이상 발뺌은 못하겠지. 가만, 그런데 이 전화는….

"네가 어떻게 경호의 핸드폰을 가지고 있지?"

"경찰이 돌려줬어요. 핸드폰에서 필요한 건 다 확인했나 봐요. 다른 증거도 있으니 이제 곧 엄마 아빠를 죽인 놈을 잡으러 가겠죠."

정환은 아무런 말도 할 수가 없었다. 한마디라도 실수를 한다면 덫에 걸릴 것 같았다. 살얼음 위를 걷듯 조심해야 한다. 섣불리 한 발을 내디뎠다가는 그대로 깊은 물속으로 가라앉는다. 다경은 지금 그걸 노리고 정환을 도발하고 있다.

"아, 아줌마가 부르시네요."

아내에게 답을 하는 듯 다경의 말소리가 핸드폰에서 조금 떨어진 거리에서 들렸다.

네 금방 갈게요.

핸드폰 너머로 들릴 듯 말 듯 다경의 중얼거리는 소리를 듣자 정환의 목덜미에 소름이 돋았다.

자꾸 나를 딸처럼 얘기하시네. 짜증 나게.

다시 다경의 목소리가 바로 옆에서 이야기하듯 가깝게 들렸다.

"아저씨, 아줌마가 차 좋아하는 거 아세요? 녹차를 너무 오래 우리면 쓰다고 하던데, 그래도 드시겠죠?"

정환은 그제야 다경이 다른 의도를 품고 자신의 집에서 지내고 싶다고 했음을 깨달았다.

게다가 어쩌면 위험한 건 자신만이 아니라는 생각이 강하게 머리를 때렸다.

다경

†

준비는 끝났다.

다경은 샤워를 끝낸 뒤 옷을 갈아입고 엄마의 향수를 뿌렸다. 방 안에 퍼지는 향기와 함께 엄마의 얼굴이 잠시 떠올랐다. 핸드폰을 꺼내 음악을 틀었다. 집에 돌아와 막 공부를 시작한 민규의 신경을 긁기에 충분했다.

이 집에 들어와 지내면서 잠시 마음이 흔들린 적도 있었다. 한때는 가족처럼 가까웠던 사람들. 어쩌면 아저씨 빼고는 누구도 자신이 왜 이런 일을 당해야 하는지 알지 못할 것이다.

그건 다경도 마찬가지다.

어느 날 갑자기 부모를 잃었다. 아빠를 따라가지 않았다면 엄마는 살았을 것이다. 그저 5월의 밤공기가 좋아서, 아빠를 따라 바람을 쐬러 나갔던 것뿐이다.

아빠도 자신이 왜 죽임을 당해야 하는지 몰랐을 것이다. 그저 친구를 만나러 갔을 뿐이다. 그날 밤 아빠와 엄마의 마지막을 생각할 때마다 다경은 손발이 저리고 심장에 얼음 칼이 꽂히는 느낌이었다.

모든 게 명확하게 밝혀진 것은 아니다. 하지만 밝혀진다고 해도 달라질 것은 없다. 돌아가신 부모님은 돌아오지 않는다. 변명의 여지 따위는 없다.

아저씨가 부모님을 죽였다. 그건 확실하다.

장례식장에서 들은 직원들의 뒷담화가 전부는 아니었다. 아저씨가 장례식장에 다녀간 날 밤 형사들이 찾아왔다. 형사가 건네준 아빠의 핸드폰에는 많은 단서들이 숨겨져 있었다. 아빠 핸드폰의 패턴은 맨날 보던 것이라 쉽게 풀었다.

그날 밤 아빠와 마지막으로 통화를 한 건 아저씨였

다. 아빠는 아저씨를 만나러 나갔다. 핸드폰 내비게이션에 찍혀 있는 주소를 확인하고 네이버 맵으로 검색하자 인근에 저수지가 보였다.

발인을 마치고 화장장에서 만났을 때 아저씨는 거짓말을 했다.

"아빠를 마지막으로 본 게 언제예요?"
"열흘 전쯤인가? 날짜는 잘 모르겠네. 왜?"
"아저씨, 아빠가 왜 그 밤에 나갔는지 알아요?"
"나도 모르겠다. 요즘 현장에 다니느라 못 봤어. 조만간 만나서 저녁 먹기로 했는데."
"마지막으로 통화한 건 언제인데요?"
"그게 며칠이더라? 그건 왜?"

아빠를 언제 만났는지, 언제 마지막으로 통화했는지 잘 기억이 나지 않는다고 했다. 핸드폰을 꺼내 마지막 통화 내역만 확인하면 될 일인데 그걸 하지 않았다. 진실을 감추는 자는 '기억나지 않는다'라는 말만 반복한다. 거짓말을 했다가는 들통이 날까 봐 마지막까지도 비겁한 도피처를 만들어 두는 것이다.

다경은 자신이 무슨 마음으로 이 집에 들어오겠다고 했는지 정확하게는 알지 못했다. 불쑥 튀어나온 말이었다. 이성보다 마음이 먼저 움직였다.

도대체 왜 그랬는지 직접 두 눈으로 확인하고 싶었던 것 같다. 그래도 한때는 아빠와 누구보다 가깝게 지내던 친구였으니까. 또 아빠가 했던 말 때문이기도 했다.

'도무지 이해가 안 된다고 해도 그냥 포기하면 안 돼. 그럼 다경이 네 세계는 아주 작을 거야. 이해하지 못하면 가만히 지켜봐. 오래 지켜보다 보면 네가 모르던 것들을 발견하게 될지도 몰라. 앞으로 살면서 많은 경험을 하게 될 거야. 미리 판단하지 말고 오래 지켜보고 그런 다음 이해하고 받아들여. 그런 뒤에도 네 마음으로 받아들일 수 없다면 그냥 그런 세상이 있구나 하고 잊어버려. 세상엔 나와 똑같은 생각을

하는 사람이 단 한 명도 없으니까.'

 다경은 자신이 이 집에 들어와서 보려고 한 게 무엇이었는지 떠올려 보았다.
 사람이 얼마나 쉽게 자신을 감추고 거짓말을 하는지. 아무리 가족이라도 그 가면 뒤의 모습까지는 알 수 없는 법이다. 가면은 쉽게 벗겨지지 않는다. 잠시 벗긴다 해도 그 사람이 자신의 잘못을 인정하고 고치며 살지는 않을 것이다.
 다경은 가끔 오키나와에서 본 남자를 생각했다.
 뻔뻔한 얼굴로 아빠 노릇을 하고 살아가겠지. 그 아이는 성장하면서 자신이 얼마나 지독한 학대를 당해 왔는지 깨닫게 될 테고. 그치만 남자는 자기 아이가 어떤 충격을 받든 신경도 쓰지 않고 그저 자신의 욕망만 충족하면 그만이겠지.
 그 남자를 때렸을 때 멀지 않은 곳에서 울고 있는 아이를 봤다. 그래도 아빠라고 아이는 아빠가 누군가에게 맞고 있는 것이 무서워 눈물을 흘렸다.

선규가 말리지 않았더라도 울고 있는 그 아이 때문에 다경은 남자를 때리는 일을 멈췄을 것이다. 남자를 용서해서가 아니라, 그런 아빠라도 아이에게는 '파파'니까.

아직 방 너머에서는 아무 기척이 없다. 다경은 음악 소리를 높였다. 살짝 문도 열어 놓았다.

의자에서 일어나는 소리가 들린다. 문이 열린다. 복도를 지나오는 발소리가 들린다. 문이 열린다. 고개를 돌리자 민규 오빠가 서 있었다.

"늦었어. 음악은 이어폰으로 들어."

"싫어."

"야, 이다경! 너 일부러 그러는 거야?"

다경은 침대 옆에 조명등을 켜고 천장의 밝은 형광등을 껐다. 민규가 당황한 듯 머뭇거리며 물었다.

"뭐 하는 거야?"

"내가 뭐 하는 것 같아?"

민규가 몸을 돌려 방을 나가려 했다. 다경은 재빨리 달려가 민규의 앞을 막았다.

"비켜."

민규의 말이 채 끝나기도 전에 다경은 민규의 얼굴과 몸을 때리기 시작했다. 가드를 올리고 다경의 손을 피하던 민규는 소리를 지르며 다경의 팔을 잡았다.

"미쳤어? 뭐 하는 거냐고?"

민규를 노려보던 다경이 소리를 지르며 민규의 손에서 벗어나려 발버둥 쳤다. 당황한 민규가 다경의 몸을 붙잡고 입을 틀어막으려 했다. 다경이 비틀거리며 침대로 쓰러졌다. 다경과 뒤엉킨 민규는 어떻게든 다경을 조용히 시키려고 중얼거렸다.

"조용히 해. 아래층에서 들으면 어쩌려고 그래?"

다경이 자신의 입을 막고 있는 민규의 손을 뿌리치고 다시 소리를 질렀다. 민규는 다경의 몸에 올라타 있는 힘껏 다경의 입을 막았다.

갑자기 뒤에서 누군가 민규의 머리를 후려쳤다. 민규는 다경의 몸에서 떨어져 침대 아래로 굴러떨어졌다. 머리를 감싸고 잔뜩 웅크린 채로.

"엄마…?"

"닥쳐. 어떻게 이래? 어떻게 다경이를… 너 돌았어? 미쳤어?"

"아니야. 그런 거 아니야."

다시 세라의 손이 거침없이 민규의 몸을 후려쳤다. 평소 등짝을 때리던 그 손이 아니었다. 민규가 인상을 찡그리며 엄마의 손을 막고 소리쳤다.

"내 말 좀 들어 보라고요."

세라는 민규의 손을 뿌리치고 있는 힘껏 뺨을 후려갈겼다. 놀란 민규는 그대로 얼어붙어 자기 엄마의 얼굴을 쳐다보았다.

"지금부터 한마디도 하지 마. 경고야."

지금은 어떤 말을 해도 자신에게 불리하다는 것을 깨달았는지 민규가 입을 다물었다.

다경은 침대 구석으로 물러나 몸을 떨며 민규와 세라를 쳐다보았다. 열린 방문 앞에서는 선규가 지켜보고 있었다. 다경은 옷을 추스르며 이불을 가져와 몸을 가렸다. 한 손으로 입을 틀어막고 터져 나오려는 울음을 간신히 참고 있었다.

다경의 울음소리를 들은 세라는 그제야 다경에게 다가가 안아 주었다. 다경은 몸을 부르르 떨며 세라의 품에 안겼다.

"미안해 다경아, 미안해. 아줌마가 미안해."

문 앞에 서 있던 선규가 형을 보며 나지막이 말했다.

"나와."

민규는 아무 소리도 못 하고 자기 방으로 돌아갔다.

다경은 세라의 품에 안긴 채 자신을 쳐다보고 있는 선규와 눈을 마주쳤다. 선규는 말없이 다경을 쳐다보다 문을 닫았다.

다경은 선규의 눈빛이 마음에 걸렸다. 어쩌면 자신의 계획을 알고 있는 건 아닌가 하는 생각이 들었다.

"너라면 어떻게 할 거야?"

지난밤 다경은 선규에게 물었다. 자기 아빠가 무슨 짓을 했는지 들은 선규는 쉽게 대답하지 못했다. 하지만 오늘 선규의 표정이 어쩌면 그날 못 한 답이 아닐까 싶었다.

'하지만 여기서 끝이 아니야.'

다경은 이 정도에서 멈출 생각이 없었다.

세라

†

아들의 팔에 꽂힌 해독제 수액이 거의 바닥을 보일 즈음 간호사가 들어와 다시 바이탈을 체크했다. 이제 막 응급처치를 끝내고 일반 병실로 옮긴 참이었다. 곁에서 지켜보던 세라가 초조해하며 물었다.

"우리 아이 괜찮은 거겠죠? 후유증은 없는 거죠?"

"그건 경과를 봐야 해요. 혈압이나 맥박은 정상이니 너무 걱정하지 마세요. 아침에 담당 선생님이 다시 진료하실 거예요."

응급실에 도착해 민규의 상태를 보던 의사가 민규의 입안에서 나는 냄새를 확인하고 농약을 먹은 것 같다고 했을 때 세라는 미치는 줄 알았다. 혹시 집에 농약이 있냐는 말에 정원에 있는 창고를 떠올렸다. 어떤 종류인지 알아야 한다고, 그것에 따라 처치가 달라진다는 말에 세라는 살충제 이야기를 했다.

 진드기를 잡는 살충제를 사긴 했지만, 한 번도 창고 이외의 장소에 보관한 적은 없다. 갑자기 그걸 민규가 먹었다는 게 이해가 되지 않았다. 사리 분간을 못 하는 어린아이가 얼떨결에 먹은 것도 아니고, 창고에 있는 걸 굳이 가져다 먹을 이유가 없었다.

 살충제라는 말에 의사는 약용탄을 먹게 하고 해독제를 투여했다. 독을 얼마나 빨리 몸에서 빠져나오게 하는지가 관건이라며 지켜보자고 했다. 목숨은 건졌지만 농약에 대한 후유증이 생길 수도 있다는 것을 알고 있기에 완전히 해독되기 전까지는 안심할 수 없었다.

 세라는 아직도 의식이 혼미한 민규의 손을 잡고 한 번도 빌어 보지 않은 존재에게 제발 아무 일 없이 깨어나게 해 달라고 기도했다.

남편은 말없이 경과를 지켜보고 있었지만 그의 굳은 얼굴은 세라에게 무언의 질책을 하고 있는 것처럼 보였다. 세라의 정원이 아니라면 집 안에 그런 위험한 약이 있을 이유가 없을 테니까.

남편이 나가는 소리가 들렸다. 세라는 남편에게 하지 못한 이야기가 생각났다. 터무니없지만 이렇게 농약을 먹고 누워 있는 민규를 보자니, 한 가지 가능성밖에 떠오르지 않았다. 이틀 전 밤, 다경의 방에서 있었던 일이.

다경의 비명 소리를 듣고 놀라 뛰어 올라간 세라는 경악스러운 장면을 목격하고야 말았다. 민규가 그런 짓을 할 거라곤 생각도 못 했다. 한 번도 큰 말썽을 부린 적이 없는 아이였다. 그때는 눈이 돌아갔다. 민규에 대한 분노와 절망, 배신감으로 머릿속이 하얗게 변했다. 두 눈으로 직접 봤는데도 변명하는 민규에게 더 화가 났다. 지금까지 단 한 번도 그렇게 거세게 아이의 뺨을 때린 적은 없었다.

민규는 충격을 받은 얼굴이었다. 그때만 해도 세라

는 도저히 민규를 용서할 수 없었다. 다경을 다독이고 아래층으로 내려온 뒤에도 내 아들이 어떻게 그런 짓을 할 수 있는지 도저히 받아들일 수 없는 현실에 좌절했다. 그때 그대로 내려오지 않고 민규의 방에 들어가 아이를 살폈어야 했다. 민규는 다음 날까지 제 방에서 꼼짝하지 않았다. 어제만 해도 꼴도 보기 싫어 밥을 먹으러 내려오지 않아도 신경 쓰지 않고 내버려두었다.

세라는 민규의 손을 꼭 쥐고 얼굴을 쓰다듬었다. 숨을 내쉬는 아이의 얼굴을 보며 어쩌면, 민규가 농약을 먹은 건 자기 때문이 아니었을까 하는 쪽으로 생각이 기울었다. 화를 내고 야단을 쳐도 아이가 숨 쉴 공간을 주고 했어야 하는데, 민규를 너무 몰아세웠던 건 아닌가 하는 자책이 들었다.

얼마나 충동적인 나이인가. 선규의 방을 내어준 것부터 잘못된 일이었다. 그저 어리게만 생각했다. 어릴 때부터 보아 온 사이라 이런 문제가 일어날 거라고는 짐작도 하지 못했다. 한창 이성에 관심이 많을 아이들의 상황을 너무 단순하게 판단했다.

민규는 그렇지 않아도 입시 스트레스에 예민해질 대로 예민해진 상태였는데, 방문 너머로 다경이 있는 상황이 얼마나 거슬리고 신경이 쓰였을까. 세라는 자신의 무신경에 화가 났다. 선규를 서운하게 해 가며 민규의 맞은편 방에 다경을 두는 게 아니었다. 다경이 서재를 사용했더라면 이런 일은 일어나지도 않았을 것이다.

만약 민규에게 후유증이라도 생긴다면, 장기 어딘가가 손상되어 오래 힘들게 된다면 자신을 용서하지 못할 것 같았다.

세라는 민규의 손에 입을 맞추고는 제발, 제발 하며 중얼거렸다. 차가웠던 민규의 손에 온기가 돌았다. 민규의 숨소리가 안정을 찾은 것 같아 세라는 한숨 돌렸다.

남편을 찾기 위해 밖으로 나왔다. 병실 복도의 의자와 로비를 둘러보았지만 어디에도 남편의 모습은 보이지 않았다. 핸드폰으로 전화를 걸었지만 받지 않았다. 이대로 집으로 돌아간 건가 싶었다. 어차피 남편을 찾은 것도 자신이 병실을 지킬 테니 집에 가 보라는 이야기를 하려던 것뿐이었지만, 민규가 깨어나는 것을 보지도 않고 가 버렸다는 생각에 서운한 마음도 들었다.

다시 병실로 돌아온 세라는 몸을 일으키고 있는 민규를 발견하고 얼른 다가가 상체를 일으켜 주었다.

"엄마, 휴지통."

토할 기세였다. 의사도 계속 토할 수 있으니 두 시간마다 물을 먹여 독성을 빨아들인 약용탄이 최대한 빨리 몸에서 배출되도록 해야 한다고 말했다. 휴지통을 입가에 대어 주자 민규가 진득한 물기 같은 것을 토해 냈다. 세라는 민규의 등을 쓸어내리며 의식이 깨어난 것에 안도했다. 응급실에 실려 왔을 때 보이던 증상도 사라지고 의식도 돌아왔으니 이제 남은 독극물만 토해 내면 된다.

세라는 물컵을 들어 민규의 입에 대 주었다.

"이거 먹고 좀 더 자."

민규는 묵묵히 엄마가 주는 물을 마셨다. 물어보고 싶은 게 너무 많았지만 지금은 때가 아니라고 생각했다. 우선은 아이가 안정될 수 있게 푹 재우고 나중에 물어봐도 된다. 어쩌면 자신의 불찰로 벌어진 일이라 외면하고 싶은 건지도 모른다. 세라는 쉽사리 민규에게 묻기가 두려웠다.

물을 다 마신 민규가 다시 자리에 누우려다 세라를 보고 물었다.

"…엄마."

"그래, 왜 어디 아파? 간호사 불러 줘?"

민규가 미세하게 고개를 저었다. 잠시 세라를 쳐다보던 민규가 전혀 생각지도 못한 말을 했다.

"…나 왜 이런 거예요? 어디가 아프대요?"

"응?"

무슨 말인가 싶었다. 농약을 먹었다고 의사가 말했는데 민규는 자기가 왜 병원에 실려 왔는지 영문도 모르고 있었다.

"너, 농약 마신 거 아니야?"

민규는 황당하다는 표정을 지어 보였다. 세라는 갑자기 싸한 느낌이 들었다.

"너 뭐 먹었어?"

하루 종일 방에만 틀어박혀 있었으니 뭘 먹었는지 알 수가 없다. 맞다. 민규는 밖으로 나온 적도 없다. 마당 창고에 있는 농약을 가져다 먹었을 리 없다.

"먹은 거 없는데. 늘 먹던 영양제밖에 안 먹었어요."

"영양제?"

민규의 대답에 어리둥절할 수밖에 없었다. 영양제밖에 먹은 게 없는데 농약이라니.

세라의 반응에 민규도 영문을 모르겠다는 듯 의아한 눈으로 쳐다보았다.

"정말 영양제밖에 먹은 게 없어? 잘 생각해 봐."

"농약이라면 바로 알 수 있는 거 아니에요? 다른 건 먹은 게 없어요."

그래도 민규가 스스로 끔찍한 선택을 하려던 게 아

니라는 사실에 안도했다. 하지만 이상한 생각이 들었다. 그렇다면 영양제밖에 먹지 않았다는 아이가 어떻게 농약 중독 증상을 보인 것일까? 영양제에 문제가 있었다는 건가?

"매일 먹던 영양제 맞지?"

"네. 그거밖에 안 먹었어요."

그렇게 대답하다가 뭔가를 떠올린 듯 민규의 얼굴이 일그러졌다.

"어쩌면 다경이 짓인지도 몰라요."

"뭐라고?"

"다경이가 제 방에서 영양제 병을 만진 적이 있어요."

세라는 영문을 모르겠다는 표정으로 민규를 쳐다보았다.

"너 지금 다경이가 영양제에 독약이라도 탔다는 말을 하는 거야? 다경이가 왜?"

"나도 몰라요. 지난번 일도 함정이었다고요. 진짜 다경이에게 나쁜 짓 하려던 거 아니에요."

"뭐?"

"정말이에요. 다경이가 밤에 시끄럽게 해서 들어갔더니 막 때리면서 소리를 지르길래 당황해서…."

비명을 듣고 올라갔던 세라의 눈에 보인 것은 다경을 겁탈하려는 민규의 모습이었다. 침대 위에 누워 있던 다경은 헝클어진 모습으로 두려움에 떨며 비명을 지르려 하고 있었다. 그런 다경의 입을 틀어막은 채 민규는 다경의 몸 위에 올라타 있었다.

세라는 여전히 의심스러운 시선으로 민규를 쳐다보았다. 민규는 답답하다는 듯 눈을 질끈 감았다 떴다.

"정말이라고요. 엄마는 나보다 다경이를 믿어요?"

그렇지 않아도 뭔가 다경의 행동 때문에 마음 한구석이 불편한 적이 몇 번 있기는 했다. 서재에서 남편의 책상을 뒤지는 일도 그렇고, 한번은 거실에 놓아 둔 남편의 핸드폰을 들여다보고 있기도 했다. 하지만 그런 것과 농약을 먹게 만든 건 전혀 얘기가 다르다.

"…다경이랑 무슨 일 있었니?"

민규는 물끄러미 세라를 쳐다보다 난처한 표정을

지었다. 그러고는 잠시 망설이다 불쑥 말을 꺼냈다.

"다경이 그만 나가라고 해요. 우리 집에서 내보내요."

"아니, 그렇게 얘기하면 엄마가 어떻게 알아듣니?"

"다경이 아무 때나 불쑥 내 방에 들어오고, 시끄럽게 하고… 산만해서 공부에 집중할 수가 없어요. 곧 있으면 기말고사란 말이에요."

간절한 눈빛으로 쳐다보는 민규를 보자 어쩌면 자신이 큰 실수를 했을지도 모르겠다는 생각이 들었다. 그래, 지금 중요한 건 그런 게 아니야. 민규의 흔들리는 눈빛으로 짐작할 수 있었다. 방 건너편에 다경이 있는 한 민규는 공부에 집중할 수 없을 것이다. 둘 사이에 무슨 일이 있었는지는 모르지만 분명한 건 이 집안의 공기가 달라졌다는 것이다. 다경이 들어오고 난 뒤 일어난 일들을 다시 떠올려 보았다. 민규도, 선규도 다경이 들어오면서 미묘하게 변했다. 남편도 이상하게 신경을 쓴다는 느낌이었다. 변한 건 세라도 마찬가지다.

'엄마는 나보다 다경이를 믿어요?'

 방금 전 민규의 말을 다시 새기자, 정신이 번쩍 들었다. 민규 말대로 모든 게 다경이 벌인 짓이라면 이대로 아이를 집에 둘 수는 없다. 민규가 스스로 농약을 먹지 않았다는 것을 확인한 이상 이 문제를 덮어둘 수는 없다. 다경이 정말로 민규를 위험에 빠뜨리려 했다면 어떻게든 확인해야 한다.
 "알았으니까 넌 일단 쉬어. 엄마가 알아서 할게."
 민규를 다독이고 병실을 나왔다. 세라는 어떻게 다경을 집에서 내보낼지 생각하기 시작했다. 남편이 반대하면 어떡하지? 아니다. 이건 내가 나서야만 한다.
 세라는 정환에게 전화를 걸었다. 남편은 받지 않았다. 이 인간은 어디를 간 거야? 왜 전화를 안 받는 거야? 그러다 갑자기 등골이 오싹해졌다.
 집에, 집에 선규가 있다. 다경과 단둘이다. 다경이 이상하다고 느끼지 못했을 때는 둘이 함께 서재에서 공부하는 것도 좋게만 생각했다. 하지만 민규 말대로 다경이 가족들 뒤에서 무서운 일을 꾸미고 있는 게 사실이라면 선규도 안심할 수 없다.

세라는 선규에게 전화를 걸었다. 신호음이 갔지만 계속 전화를 받지 않았다. 세라는 자신도 모르게 손가락을 깨물며 중얼거렸다.

"내 아이 건들지 마. 조금이라도 다치면 가만 안 둘 거야."

통화 연결음이 끊어지자 세라는 다시 전화를 걸며 마음속으로 소리쳤다.

선규야, 전화 받아. 얼른 전화 받아. 두려움에 핸드폰을 들고 있는 손이 덜덜 떨렸다.

한 번도 느껴 보지 못한 공포였다.

정환

†

쓰러져 경련을 일으키는 민규를 볼 때부터 제정신이 아니었다.

정환은 앰뷸런스를 부르라는 아내의 말을 무시했다. 한눈에 봐도 다급한 상황에서 태평하게 구급차가 오기만을 기다릴 수는 없다. 정환은 구역질과 경련을 일으키는 민규를 들쳐 업고 계단을 내려가기 시작했다. 아내에게 얼른 차 키를 가져오라고 소리를 질렀다.

병원 응급실로 가는 동안 미친 듯이 차를 몰았다. 휴일 오전이라 다행히 차량이 많지 않았다. 병원 응급실에 도착하고 의사의 처치를 기다리는 동안 정환은 비로소 민규의 방에 서 있던 다경의 모습을 떠올렸다.

 민규의 상태를 확인하느라 정신이 없는 정환과 아내의 뒤에서 남의 일이라는 듯 무표정한 모습으로 정환의 가족을 지켜보던 다경.

 민규를 등에 업으면서는 경황이 없어 자세히 보지 못했지만 분명 다경의 표정에는 아무런 감정이 담겨 있지 않았다. 그것은 민규가 무슨 일로 몸을 비틀고 경련을 일으키고 있는지, 왜 고통을 호소하며 숨을 헐떡이는지 알고 있을 뿐 아니라 그것에 대해 냉정하게 바라보고 있음을 의미했다.

 응급실 복도에서 다경의 그 냉담한 표정을 기억해내자, 아침 출근길에 텀블러를 건네주던 모습이 떠올랐다. 혀를 아리게 하던 쓴맛. 민규가 해독제를 맞는 것까지 본 뒤 정환은 바로 주차장으로 향했다. 민규는 아내에게 맡기고 집으로 갈 생각이었다.

 자동차에 올라타 시동을 거는데 핸드폰이 울렸다.

민규에게 무슨 일이 생겼나 싶어 서둘러 핸드폰을 꺼내던 정환은 화면을 보고 입술을 깨물었다. 또 경호의 번호였다. 정환은 생각할 겨를도 없이 전화를 받았다. 다경의 차가운 얼굴과 민규의 고통스러운 표정이 스치고 지나갔다. 역시나 다경의 목소리가 들렸다.

"민규 오빠는 어때요? 아니다. 다 죽어 가는 가족을 보는 기분이 어때요?"

"너 왜 이러는 거야?"

"아저씨가 더 잘 아실 텐데요?"

"무슨 소리야?"

"이제 조금은 내 기분을 알려나? 아니, 전혀 모를걸요?"

정환의 입술이 파르르 떨렸다. 쉽게 입이 떨어지지 않았다.

"우리 아빠 엄마한테 하고 싶은 얘기 없어요?"

"너, 진짜 우리 민규 죽이려고 그랬어? 내 아들한테 농약을… 지금 민규가 어떤지 알아?"

"그놈의 민규 민규, 나까지 짜증 나려고 하네. 아들

하나 더 있지 않아요?"

 선규 이야기가 나오자 숨이 턱 막혔다. 목소리가 떨렸다. 설마 선규에게 또 무슨 짓을 한 것은 아니겠지. 아니다. 민규에게 한 짓을 보면 선규도 안심할 수 없다. 정환은 이를 갈며 말했다.

"너, 우리 선규 털끝 하나 건드리지 마. 조금이라도 잘못되면 너도 무사하지 못할 줄 알아."

"아저씨는 우리 엄마 아빠 죽여 놓고 참 뻔뻔하네요."

"아니야, 난."

"선규도 다 알고 있어요. 아저씨가 어떤 짓을 했는지."

 등줄기로 냉기가 흘렀다. 선규가 다 알고 있다고? 정환은 고개를 저었다. 다경이 무슨 짓을 하려는 건지 알 수가 없었다. 하지만 그것만은, 아이들에게만은….

"다경아, 제발… 선규는,"

 다경이 정환의 말을 잘랐다.

"이젠 아저씨가 당해 보세요. 소중한 가족을 잃는 게 어떤 기분인지."

전화가 끊어졌다. 바로 다시 걸었지만, 전원이 꺼져 있었다.

정환은 핸드폰을 던져 버리고 엑셀을 세게 밟았다. 돌았어. 미친년.

도대체 어디서부터 일이 꼬인 것일까?

강원도 현장에 다녀오다 호기심으로 강원랜드를 들른 것? 재미라는 이름으로 한 발을 들이밀 때는 언제든 그 늪에서 빠져나올 수 있을 거라고 생각했다. 그저 잠깐의 일탈일 뿐이라고. 도박에 빠지는 건 절제력이 없는 인간이나 해당되는 거라고. 내게 그 정도의 이성은 있다고, 그렇게 믿었다.

굳이 강원랜드에 갈 필요도 없었다. 핸드폰만 붙잡고 있어도 도파민이 터지는 시간이 기다리고 있었다. 쏠쏠하게 따기도 했다. 백만 원, 이백만 원을 잃고 따는 것은 아무 일도 아니게 되었다. 한 시간 만에 천만 원도 넘는 돈을 따니 눈이 돌아갔다. 그동안 빼낸 공금을 금방 메울 수 있을 것 같았다. 정신을 차렸을 때는 이미 감당할 수준을 넘어섰다. 늪에 빠져 어깨까지 움직일 수 없게 돼서야 경호가 눈치챘다. 건축주가 입금한 돈뿐 아니라 지급해야 하는 현장 자재비까지 날렸다.

경호가 만나자고 하는 것을 몇 번이나 피했다. 우리가 만든 회사가, 10년 동안 키워 온 우리의 사무실이 언제 주저앉아도 이상하지 않은 상황이 되었다는 사실을 말할 용기가 나지 않았다.

그때 만나지 말았어야 했다. 너는 완전히 궁지에 몰린 나를 만나러 오지 말았어야 해. 정환은 몇 번이고 그날 일을 되새겨 보았다. 나는 정말 널 죽이려고 그 장소로 불렀던 걸까? 어쩌면 무릎을 꿇고 허심탄회하게 이야기를 하고 용서를 구하려고 했던 건 아닐까? 아니다. 그곳으로 경호 널 부르면서 이미 난 결심하고 있었다. 너만 없다면, 아니 네가 몰아세우지만 않았어도 그런 마음은 품지 않았을 텐데.

약속 장소에 도착하고 나서야 경호가 아내를 데리

고 왔다는 걸 알았지만 되돌리기엔 이미 늦었다.

  마스크를 쓰고 비닐장갑을 끼고 너의 자동차로 다가갔지. 어두워서 잘 보이지 않았을 거야. 차에서 내린 너에게 손을 내미는 척 입을 막았지. 너는 순식간에 기절하듯 쓰러졌어. 뉴스에서 보긴 했지만 그렇게 효과가 좋은 줄 몰랐어. 펜타닐을 구하는 건 어렵지 않았어. 도박쟁이들은 돈이 되는 거면 뭐든 하거든. 쓰러진 널 보고 제수씨가 놀라 자동차에서 내렸을 땐 조금 미안한 생각이 들긴 했어.

  두 사람을 다시 자동차에 태우고 저수지로 밀어 넣었을 때 정환은 이 일이 영원히 묻힐 거라고 생각했다. 그 저수지는 백 년 동안 마른 적이 없다고 했으니까. 게다가 낚시꾼도 오지 않는 곳이라고 들었다. 그런데 젠장. 그렇게 빨리 발견될 거라곤 생각도 못 했다.

  잘못된 선택이었다. 그때나 지금이나.

  집에 도착한 정환은 서둘러 현관문을 열고 집 안으

로 들어섰다. 2층 계단으로 뛰어 올라가다 마주 내려오는 다경과 마주쳤다. 다경의 손에는 짐 가방이 들려 있었다. 민규를 죽이려 해 놓고 어딜 도망치려고? 정환은 다경을 보자마자 눈이 돌아 버렸다.

"어딜 도망쳐, 우리 선규 어디 있어?"

"찾아보세요. 어디엔가 있겠죠."

"너 뭐야, 이러려고 우리 집에 들어왔어? 민규, 선규 죽이려고?"

"아저씨가 한 짓에 비하면 아무것도 아니죠. 우리 아빠 왜 죽였어요? 엄마는 왜,"

정환은 다경의 팔을 움켜잡고 흔들었다.

"선규 어디 있냐고!"

"우리 아빠 왜 죽였어? 엄마 왜 죽었어? 그깟 돈 때문에 사람을, 제일 친하다는 친구를 죽여? 당신은 쓰레기야."

다경이 비명을 지르며 정환의 손아귀에서 벗어나려 했다. 정환은 다경의 얼굴을 때리고 목을 졸랐다.

"이게 어디서, 네가 뭘 알아? 사람 몰아붙이지 말라

고, 나 건드리지 말라고!"

정환은 있는 힘껏 다경의 목을 졸랐다. 컥컥 하는 소리가 들렸다. 다경의 얼굴이 붉어졌다. 머릿속은 텅 비어 있었다. 그날처럼 정환은 아무 생각도 하지 않고 그저 자신의 손에 집중했다.

등 뒤에서 누군가 정환의 목에 매달렸다. 선규가 울음 섞인 목소리로 외쳤다.

"다경이까지 죽일 거야? 그만해. 아빠 때문이잖아, 이게 다 아빠 때문이잖아!"

선규가 막무가내로 주먹을 휘둘렀다. 아직 여물지도 않은 주먹이라 아프진 않았지만 선규가 하는 말은 정환을 무너뜨리기에 충분했다.

"죽어 버려. 당신 같은 사람, 아빠라고 부르고 싶지 않아."

정환은 손에 힘을 풀었다. 다경이 비틀거리며 뒤로 물러났다. 고개를 돌려 뒤를 돌아보았다. 아 무사하구나, 선규야.

정환이 한 발 다가가 선규의 몸을 안으려는 순간

선규가 한 발 뒤로 물러섰다. 눈물이 고인 선규의 눈에는 증오와 혐오가 스며 있었다. 한 번도 그런 눈빛을 한 아들을 본 적이 없었다. 선규의 눈빛은 어떤 칼날보다 매섭게 정환의 심장을 베었다. 온몸에 힘이 빠졌다. 정환은 그대로 바닥에 무릎을 꿇고 주저앉았다. 되돌리기엔 너무 먼 길을 돌아왔다. 이제 물러날 곳도, 숨을 곳도 없었다. 자신이 무슨 짓을 저질렀는지 이제야 온전히 느낄 수 있었다.

다경의 말이 맞다. 나는 쓰레기다. 썩어 빠져 악취를 풍기는 끔찍한 덩어리일 뿐이다.

곁에 서 있던 아이들이 뒤로 물러나 집 밖으로 걸어 나가는 소리가 들렸다. 정환은 차마 그들을 불러 세울 수 없었다.

정환은 두 손에 얼굴을 묻었다. 이대로 자신의 목을 졸라 세상에서 사라지고 싶었다.

다경

†

"뭐 하나 물어봐도 돼?"

"응."

"넌 왜 우리 아빠한테 아저씨라고 해? 우리는 너희 아빠를 삼촌이라고 부르잖아."

"…난 삼촌 있어."

"나도 있어."

"몰라, 난 한번 부르는 호칭을 정하면 바꾸지 않아."

선규는 괴도 키드의 피규어에 흰색 칠을 하며 고개를 끄덕였다. 다경은 선규의 색칠 솜씨에 감탄을 했다.

"역시, 잘할 줄 알았어. 이것도 좀 해 줘."

선규는 다경이 건네는 키 작은 코난을 보며 피식 웃었다.

다경의 집에 처음 들어왔을 때는 조금 무서웠다. 한동안 사람이 살지 않은 서늘함이 느껴졌다. 하지만 다경이 자신의 플라모델 방을 보여 주었을 때 선규는 역시 자기 생각이 맞았다는 것과 다경을 따라오길 잘 했다는 생각이 들었다.

"플라모델은 아빠 취미야. 그래서 나도 따라서 시작했어. 근데 우리는 취향이 완전 달라."

"딱 봐도 알겠어. 그래도 명탐정 코난이라니."

"너 지금 코난 무시해?"

"아니야, 취향 존중할게."

다경은 한동안 선규가 피규어를 어떻게 다루는지, 색은 어디서부터 시작해 어떤 식으로 마감하는지 구경했다. 한참 작업에 열중하던 선규가 완성된 피규어를 내려놓고 만족스럽게 바라보았다.

"다경아."

"응?"

"언제 알았어?"

"뭘?"

"아빠가… 그런 짓을 했다는 거."

선규의 질문에 다경은 문득 엄마가 했던 말이 생각났다.

'넌 가끔 생각지도 못한 말을 해. 눈치가 빠른 거 같기도 하고 남들이 못 보는 걸 보는 것 같기도 하고. 아니 상상력이 풍부해서 그런 걸까?'

엄마와 다경은 형사가 나오는 드라마를 좋아했다. 사건이 벌어지면 다경은 금방 범인이 누군지 알아냈다. 여러 명의 용의자가 나오고 교묘하게 트릭을 만들어도 감추어 둔 단서를 용케도 발견했다. 그래서 늘 엄마보다 먼저 범인이 누구인지 특정하고 엄마와의 내기에서 이겼다. 엄마는 어떻게 그렇게 잘 찾아낼 수 있는지 궁금해했다.

엄마의 말을 듣고 생각했다. 나는 어떻게 저런 것들을 알아챌까?

오키나와의 수족관 앞에서 다경은 한눈에 알아보았다. 아이의 불편해하는 몸짓을. 그건 아빠의 무릎을 편안하게 느끼는 아이의 몸짓이 아니었다. 까칠한 옷을 입었을 때 몸을 움찔거리는 것처럼 아이는 몸으로 말하고 있었다. 싫어요. 불편해요.

오키나와가 엄마 아빠와 함께한 마지막 여름휴가가 되어 버리고 말았다. 다음에는 하와이에 가자고 했었는데… 엄마와 다음 여행지를 고르며 했던 말들이 생각났다.

'앞으로 우리가 같이 여행할 날이 얼마나 남았을까?'

더 이상 함께 여행을 가지 못하게 될 줄은 몰랐다. 고작 일 년인데, 작년과 올해는 너무나 다르다. 다경은 문득 엄마가 사무치게 그리웠다.

'다경아, 엄마가 왜 네 이름을 "다경"이라고 지은 줄 알아?'

'왜?'

'다경은 여러 경치를 의미해. 네가 한 곳에 서서 경치를 보면 하나의 경치밖에 못 보지만 같은 경치라도 옆에서 보는지, 위에서 보는지에 따라 전혀 다른 풍경이 돼. 엄마는 우리 다경이가 그렇게 다양한 방법으로 세상을 보면 좋겠다 싶어서 다경이라고 이름을 지어 준 거야.'

머리 좋고 영민한 아이들이 대개 그렇듯 다경은 눈치가 빨랐다.

같은 공간에 있는 사람들의 얼굴을 관찰하다 보면 공기 중에 떠도는 미묘한 떨림, 사소한 어긋남, 차츰 다가오는 파멸의 기운을 느낀다.

그러니까 다경을 어리다는 이유로 옆에 놓고 방심하다 보면 속내를 들키게 된다. 사실 다경이 정환의 이상한 점을 발견한 건 몇 년 전부터였다.

풀빌라의 수영장에서 놀고 있어도 선베드에서 핸드폰만 들여다보던 정환을 다경은 주시하고 있었다. 대화를 피하고 언성을 높이거나 힐끔거리며 아빠를 쳐다보던 그의 표정에서 얼음이 깨지는 것 같은 위태

로움을 느꼈었다.

이에 더해 장례식장에서 우연히 듣게 된 아저씨의 돈 이야기. 사실 그와 관련된 퍼즐 조각들은 생각보다 꽤 오래전부터 다경의 머릿속에 차곡차곡 쌓이고 있었다. 그게 어떤 그림으로 맞춰질지 그때는 아직 정해진 게 없었다. 퍼즐은 그저 하나의 조각에 불과했지만 어떤 것들을 모으느냐에 따라 전혀 다른 결말로 가게 되는 것 같다.

다경은 선규와 이야기를 하는 오늘의 퍼즐은 과연 어떤 모양일까 생각했다.

"어떻게 할 거야?"

"내가 뭘 어떻게 할 건 없을 것 같아. 아마 아저씨는 감옥에 가게 될 거야."

"아니, 그거 말고. 우리."

"아마 다시 만나는 일은 없겠지. 네가 있어서 좋았는데."

이번에는 다경이 선규에게 물었다.

"넌 어떻게 할 거야?"

"…모르겠어. 나도 지금은 아빠를 만나고 싶지 않아. 아빠가 우리 모두를 망가뜨렸어."

다경은 선규의 말에 아무 대꾸도 하지 않았다. 그건 선규의 선택이고 결정이다.

"너 저번에 트로이 목마 얘기, 나한테 일부러 한 거지?"

다경이 대답을 하기도 전에 핸드폰의 벨 소리가 둘의 대화를 끊었다. 핸드폰 화면을 본 선규가 자리에서 일어나며 말했다.

"이제 가야겠다. 엄마가 걱정할 거야."

다경은 고개를 끄덕이고 현관에서 선규를 배웅했다. 이제 문이 닫히면 다시 만나지 않을 나의 형제. 나의 누이. 다경과 선규는 잠시 서로의 눈을 바라보았다.

"안녕, 잘 가."

다경은 문 앞에 서 있는 선규를 보며 문을 닫았다. 그러고는 거실로 돌아와 집 안을 둘러보았다.

거실 창 너머로 석양이 지고 있었다. 비스듬히 쏟

아지는 햇살이 집 안을 채우고 있었지만, 거실에는 햇살 사이를 떠도는 미세한 먼지들만 보였다. 어디에도 다경이 그리워하는 것은 없었다. 소파에 앉아 있던 엄마의 모습도, 그 옆에 엄마의 무릎을 베고 누워 있던 아빠의 모습도 보이지 않았다.

다경은 가방에서 엄마의 향수를 꺼내 허공에 뿌렸다. 잠시 수분이 팔을 적시고 지나며 익숙한 냄새가 났다. 다경은 엄마가 앉던 소파에 앉아 눈을 감았다. 엄마를 떠올리려고 했지만 잘 떠오르지 않았다. 다시 한번 향수를 뿌렸다. 집 안에 엄마의 향수 냄새가 퍼졌지만 더 이상 다경이 알던 엄마의 냄새는 아니었다. 엄마의 따뜻한 품에 다시 한번 안기고 싶었다.

그날 집을 나서는 엄마와 아빠의 모습이 마지막이라는 것을 알았다면 좀 더 오래 눈에 넣어 두었을 텐데. 아니 나가지 못하도록 두 팔 벌려 문 앞에서 가로막았을 텐데.

다경은 나지막이 엄마, 아빠라고 불러 보았다. 대답도 없이 엄마, 아빠라는 말은 허공으로 흩어졌다.

이제 다시는 그 말들을 나눌 사람이 없다는 게 믿기지 않았다. 가슴에 서늘한 무엇인가가 자리 잡아 다경의 몸을 떨게 만들었다. 울고 싶지는 않았다.

다경은 소파에서 일어나 베란다 문을 열었다.

고요하고 스산한 저녁 바람이 집 안으로 들어왔다.

다경은 그제야 바닥에 주저앉아 세상의 온갖 아름답고 더럽고 비참하고 외로운 모습들이 서서히 어둠 속에 잠기는 장면을 지켜보았다.

여우누이, 다경

초판 1쇄 인쇄	2025년 12월 12일
초판 1쇄 발행	2025년 12월 24일
지은이	서미애
총괄	김명래
책임편집	김명래
디자인	studio forb
책임마케팅	최혜령, 박지수, 도우리, 양지환
마케팅	콘텐츠 IP 사업본부
해외사업팀	한승빈, 박고은
경영지원	백선희, 권영환, 이기경, 최민선, 강아현
제작	제이오
펴낸이	서현동
펴낸곳	㈜오팬하우스
출판등록	2024년 5월 16일 제2024-000141호
주소	서울시 강남구 테헤란로 419, 11층 (삼성동, 강남파이낸스플라자)
이메일	info@ofh.co.kr

ⓒ 서미애 2025
ISBN 979-11-7577-061-4 (03810)

한끼는 ㈜오팬하우스의 출판브랜드입니다.

* 이 책은 저작권법에 따라 보호받는 저작물이므로 무단전재와 무단복제를 금지하며, 이 책 내용의 전부 또는 일부를 이용하려면 반드시 저작권자와 ㈜오팬하우스의 서면동의를 받아야 합니다.
* 책값은 뒤표지에 표시되어 있습니다.
* 잘못된 책은 구입하신 서점에서 바꿔드립니다.